描かれているのは、
イカの頭部とナマコの皮膚、
竜の胴体を持つ生物だ。
邪神。
そうとしか言えない。
異界心理士の
正気度と意見
1
—いかにして邪神を遠ざけ敬うべきか—

島野偃月《しまのえんげつ》
異界に侵された人間の治療が専門の心理士。ひねくれた性格で人間が嫌い。「怪異は真実だが人間は嘘を吐く」「人間は怪異を欲している」が信条。

間宮純《まみやじゅん》
真面目な性格の一般心理士。カウンセラーをしていたが怪異に巻き込まれ、偃月と知り合うことになる。人間でないヤツにはモテやすいと偃月から評されている。
大和涼牙《やまとりょうが》
名家出身の実業家にして刑事。超がつく金持ちで、やや感覚がズレているが、素直で正義感が強い。格闘技と射撃を得意とし、ヤクザ嫌いで喧嘩っ早い。

純は怯えて偃月にすがりつく。
「やめてくれ。彼女が怯えている」
偃月がまるで動揺していない声で静かに言った。

異界心理士の正気度と意見 1

―いかにして邪神を遠ざけ敬うべきか―

水城正太郎

HJ文庫
900

口絵・本文イラスト　黒井ススム

目次

その日、通称《つうしょう》を〝邪神《じゃしん》の日〟。
２０１３年5月11日。
時刻は、正確に午後12時。

場所は、神奈川県江ノ島《かながわけんえのしま》南岸。
より詳細《しょうさい》には、北緯《ほくい》35度17分52秒　東経１３９度28分53秒。

邪神が日本に上陸した、その日、その時から……。
半径約10キロメートルの地域は狂気《きょうき》へと沈《しず》んだ。

時は現代、邪神の時代。場所は鎌倉《かまくら》、通称を〝異界〟。
そこでは総《すべ》てが狂《くる》っている。
空間が澱《よど》み、土地が腐《くさ》り、人格が侵《おか》されている。

それでも人はそこで暮らす。
逃亡者《とうぼうしゃ》、犯罪者、趣味人《しゅみじん》、暇人《ひまじん》。
危険だが、何かがある。

神と遊ぶは日本人の宿痾《しゅくあ》。
だが人の子よ忘れるなかれ。
邪神は決して信者に微笑《ほほえ》まない。

当時現場にいた者の証言。


「堤防《ていぼう》でね。ヨットハーバーの脇《わき》。子供と歩いていた。

その時は船を持っていたんだけど、もう乗れないな。怖《こわ》くて。

海が爆発《ばくはつ》したみたいに、丸く盛り上がって……海底火山かと思ったけど、近いでしょ。

そしたら、それが生き物だってわかって……いや、生き物だって言っていいのかな。

ビルみたいな……それほどじゃないな。お台場にガンダムの実物大あったでしょ？　あれよりちょっと大きいくらい。

それが生き物だって思ったのは、タコとかナマコとか、魚でもないそんなのの中間の皮膚《ふ》を見たからで……その時、もちろん自分の他《ほか》にもいっぱい見た人がいるんだから、そっちにも聞いてほしい。じゃないと何を見たかなんて言えないでしょ。

覚えている範囲《はんい》でいい？　ええ、見たことは見ましたよ。思い出したくはないけど、忘れられない。いや、違《ちが》う。あれはやっぱり見ちゃいけなかった。ねぇ、わかるでしょ？

あれは神とか、それに類するなにかだと思います。人間みたいに意思があって、でも、大きくて、怖い……。見ること自体が罪になるんです。だって、そこからみんなおかしく……。ああ、怖い。だって……そこからみんなおかしく、んは、なった。嘘《うそ》だって人多い、けど、見たし。

見ちゃいけなかったのに。見た。みんなおかしくなった、て、しまったのはナマコをあんまり食べないからで、わたしは、ナマコが好き、大好きだったから、食べてて、あんまりおかしくならないで済んだんです。でもみんなはおかしいのが普通《ふつう》だから快適なんだろうな。いつもわたしが感じているような不安感、ね、てのひらとかあしのうらに汗《あせ》をすごいかくんです。みんなもナマコを食べれば、正常になるでしょう。でも最新式の科学ならナマコの遺伝子をみんなに注射してなんとかなると思う。でも、今は違法《いほう》だって先生が。法律を改正してナマコを配らないといけないんだ！

落ち着けって？　落ち着いていますし、論理的にしゃべっています。休むべき？　失礼な。インタビューはそちらから言ってきたことで……」

（某病院《ぼうびょういん》精神科にて２０１８年５月11日収録）

『高名の画家』

大船《おおふな》は過去には映画の街として知られていたが、今では黄昏《たそがれ》の街として有名である。

黄昏――すなわちまだ暗闇《くらやみ》には沈んでいないという意味だ。

邪神の狂気が及《およ》ぶ範囲は、ちょうど大船の手前で止まっているのである。

ここより南は狂気の街――暗闇の街だ。

東京からの電車はすべて大船終点となった。

大船観音なる巨大《きょだい》神像が視線を向けている先は、その祈《いの》りも届かぬ無明の地区。

すでに停止して久しいモノレールの駅が無人の廃墟《はいきょ》となって虚無《きょむ》へと鉄路を延《の》ばしている風景も見慣れたものとなった。

間宮純《まみやじゅん》は邪神の日よりももう少し以前から大船で心理士をしている。

企業《きぎょう》専門の心理士で、働く人々の日々のメンタルヘルス管理と、適切な部下への指導法を上司に教えるのが仕事だ。

女性、独身、結婚適齢期《けっこんてきれいき》。そんな純であるから、「なぜこんなところで心理士を?」と新顔のクライアントからは必ず聞かれる。

心理士は、この邪神の時代にあって必須《ひっす》とされる職業となったが、同時に危険で、厳しく、汚《きたな》い職業でもある。

邪神のせいで患者《かんじゃ》は急増し、魔術《まじゅつ》を使う者もいると噂《うわさ》が流れ、さらには無法地帯と化した地区の出現だ。心理士の仕事は急速に危険なものとなっていたのである。

しかし純は答える。

「危険な地区には行きませんし、そちらの仕事は引き受けていません。昔ながらの心理士です」

ただその回答には、「なぜ大船にいるのか」は含《ふく》まれていない。

当人も気づいているのだ。

魅《み》せられている。

怪異《かいい》に。

それは純の過去の体験、あるいは運命に操《あやつ》られてのことなのだが、それはいずれ説明するときが来るだろう。

まずは今回の事件のきっかけについて語らねばなるまい。

それは高名な画家の代理人と名乗る者がやってきたことがはじまりだった。

○

村越五《むらこしご》等《とう》。

高名な画家なのだが、いわゆる画壇《がだん》からは距離《きょり》を置いている。

展覧会で賞を取ったこともなく、初期から絵画をオークションで売ることで名を揚《あ》げてきた。

五等が描《えが》くのは風景画が主なのだが、近年のアートシーンでは高値がつかないこのジャンルで、最高値を更新《こうしん》する偉業《いぎょう》を何度も成《な》し遂《と》げてきていた。

美術にうとい純でも名前と代表作『ダマスカスの窓から』くらいは知っている。中東の美しい風景を描いた何時間でも見ていられるような油画で、風景画でありながら実際の光景にアレンジが加えられており、それが反戦のテーマ性へと繋《つな》がっている。

そのようなことが中学美術の教科書にものっているほどだから、来客が村越五等の代理人と名乗ったとき、純は驚《おどろ》くよりも警戒《けいかい》してしまった。どのような理由であれ、嘘をついているのではないかと。

しかし、代理人と名乗った、地味で小柄《こがら》でメガネをかけた二十代の女性は言った。

「その……、すぐに村越五等には会えますので、嘘でないことはわかっていただけると思います。すぐにでも来ていただきたいくらいで……」

ボソボソと代理人は言い、純も警戒を解いた。

彼女《かのじょ》は後藤奈緒《ごとうなお》と名乗った。

「私は村越五等の娘《むすめ》です。ごとうは母の旧姓《きゅうせい》です。画号をそれに」

「漢字を五番目の意味にしたのはどのような意図ですか？」

「謙虚《けんきょ》でいるべきと」

奈緒は素直《すなお》に質問に応じた。

「報国寺の少し先に家を買いました。そこに移り住んだんです」

「それはいつ頃《ごろ》のことでした？」

「数ヶ月前《すうかげつ》です。去年の年末……」

「新居で困ったことがありました？」

「それは何も。あのあたりは異界に近いけど、あんまり危なくないところで」

異界の中心が江ノ島《えしま》であるから、鎌倉《かまくら》といえど高級住宅地である報国寺から以東は狂気の影響《えいきょう》も薄《うす》れてきている。

その後も奈緒は、五等のことを語り、質問にも素直に答えたが、肝心《かんじん》の何が悩《なや》みなのかは告げなかった。

依頼人《いらいにん》が最初にとるそういう態度に純は慣れていたので、根気よく当《あ》たり障《さわ》りない質問を続けていく。

奈緒は純の実力を探《さぐ》るような上目遣《うわめづか》いで、のらくらと質問に答え、あるいは質問を返していく。

「録音……とかは、されるんでしょうか？」

「完全に……完璧《かんぺき》に秘密を守っていただけるんでしょうか？」

「五等と二人だけで話すことになると思いますが、それでよろしいでしょうか？」

「長期に……といっても、一ヶ月《かげつ》くらいにはなる可能性もありますが、それで大丈夫《だいじょうぶ》でしょうか？」

それらの質問も純にとっては想定内だったので、すべてイエスだと請《う》け合《あ》った。

「それなら……」

そう前置きしてから、奈緒は五等の悩みを告げた。

「五等は、いま、邪神の画しか描かない状態に陥《おちい》っています」

○

「邪神の画しか描かない……」

純は思わず繰《く》り返《かえ》していた。

邪神に魅入《みい》られてしまう人々の存在は多く確認《かくにん》されていた。

彫刻《ちょうこく》を作り続け、ついには夕食のポテトサラダを邪神の形に作ってしまうまでになった主婦。

画用紙をクレヨンで塗《ぬ》りつぶし続け、モザイク様に組み合わせることで等身大の邪神にしようとした子供。

接近が禁止されている江ノ島南岸にボートで向かい、邪神が埋《う》まっている壁面《へきめん》を写真に撮《と》り続ける男。

いずれも心理学会のレポートに掲載《けいさい》されていた。

「それは、こちらに住居を移されてからですか？」

「そうです。ですので、またすぐに離《はな》れるように五等には言ったのですが、聞き入れてもらえなくて」

「この土地に執着《しゅうちゃく》している感じですか？」

「そうです。引《ひ》っ越《こ》しはしない。絶対に駄目《だめ》だと……」

そして、来る日も来る日も邪神を油画に描き続けているのだという。

「その画は、見ていると、どんどん正気でなくなっていくみたいで……」

「それは、五等さんが？　それとも、見ている奈緒さんが？」

奈緒にとっては意識外からの質問だったのだろう。驚いた後、少し考えて言う。

「え？　ああ……そうですね、見ている私が、です。うす気味の悪い画で、見ていると不思議な気分になってくるんです。まるで自分が自分でなくなってしまうような……」

そう言ってから、奈緒は、心配そうに純を見た。

「あなたはそういう感覚、わかってくれますか？」

奈緒は居心地《いごこち》悪そうに言ったが、純は力強くうなずいた。

「わかります」

「え！　ああ……そ、そうですか」

驚いた後、奈緒は安心したように息を吐《は》き出《だ》し、心を許したかのように話しはじめた。

「家でも変なことが起こるようになって……」

「霊《れい》現象ですか？　怪《かい》現象ですか？」

純は食い気味に言った。

「ど、どうしたんですか……？」

逆に奈緒は引いてしまう。

「あ、あ……すいませんでした。その……心理学的に必要なんですよ」

純が否定するように手を振《ふ》る。

「はぁ……そうなんですか。え、ええと、それから家では変なことが起こりはじめたんです。怪現象……というか、分類不能な……」

「ハイストレンジネス」

またも食い気味に言った純に、奈緒は聞き返す。

「え、ええと……」

「ハイストレンジネス。分類不能な怪奇《かいき》現象のことを言います。鎌倉周辺ではよく起きるようになりました。ご心配なく、お続けください」

促《うなが》す純に、奈緒は戸惑《とまど》いながらも続けた。

「父の……五等の部屋の窓に、深夜、光が差し込んでいたことがありました。車が近づいてきたのかと思って、確認しようと窓に近寄ったんですが、それからの記憶《きおく》がないんです。ベッドに戻《もど》って寝《ね》ていた……のでしょう。気がつくと朝でした。でも、窓を確認しに行ってみると、その……うなぎみたいな粘液《ねんえき》が窓から部屋の中に……」

純の息を呑《の》む音がして、奈緒は話を止めた。

「それから、どうなりました？」

爛々《らんらん》と輝《かがや》いた瞳《ひとみ》で聞かれ、奈緒は申し訳なさそうに顔を伏《ふ》せる。

「すいません、それからは、何も……。ただ、何者かが中に入ってきたなんて、気持ち悪くて……」

ふぅ、と純が息を吐き出す。

「なるほど。何か異形が、部屋に入ってきた、というわけですね」

「ええ。でも、そういう夢かも……粘液も拭《ふ》き取《と》ってしまいましたし、犬が舐《な》めたとか、そういうことも……」

むしろ否定するようなことを奈緒は言った。

「夢だとしても、心理的な意味がありますし、起きてから粘液を見たのは事実なんでしょう？　何かは現実に起きたんです」

熱心に純はうなずく。

奈緒は話すのをやめて、じっと純を見る。

「どうしました？」

「お好きなんですか？　怪現象」

奈緒は聞いた。

「いえいえ、全然、そんなことないです」

すると奈緒は呆《あき》れたように小さく笑ってから言った。

「心配ですけど、熱心に聞いてくださることはわかりました。父のカウンセリングをお願いいたします」

○

翌日、純は大船から軽自動車を転がし、鶴岡八幡宮《つるがおかはちまんぐう》へと向かう線路沿いのルートを通って、村越五等の自宅まで向かう。

五等の邸宅《ていたく》は高級住宅地の中にあっても目を引く豪奢《ごうしゃ》なものだった。

片流れ屋根のモダンな母屋《おもや》で、庭がかなり広くとってある。

軽自動車を停《と》めて門のチャイムを押《お》すと、奈緒が応対してくれた。裏のガレージに車を移動しろとのことだった。

裏に回ると、五等の家の構造がはっきりと見て取れた。ガレージこそ母屋に併設《へいせつ》だが、その横に離れとは言い難《がた》い大きさの平屋根の建物がある。壁面がガラス張りで、小さな美術館のように見える。ガラスの向こうには油画が無造作に立てかけられており、アトリエとして使われていることがわかる。

車を降りて、迎《むか》えに出てきた奈緒に挨拶《あいさつ》する。

「こんにちは」

「よく来てくださいました。五等はアトリエにおりますが、すぐに行きますか？」

「いえ、まず三人でお話を」

それから居間に通され、低く深いソファに案内される。奈緒がお茶をいれてからインターホンで五等を呼び出す。

「……ええ。居間で三人でお話しましょうということです。こちらに来てください」

しばらくして、やってきた五等は、いかにも画狂《がきょう》としか言いようのない外見をしていた。白髪《はくはつ》を振り乱し、額には深いシワ、落《お》ち窪《くぼ》んだ眼窩《がんか》の奥《おく》の目が爛々と輝いている。

気の弱い者が見たら泣き出しそうな迫力《はくりょく》の老人である。

「娘が話せと言うんでね」

五等は不機嫌《ふきげん》そうに言った。

いや、不機嫌と感じたのは間違《まち》いだったかもしれない。五等は意外に素直に純の前に座《すわ》ったからだ。

「はじめまして。間宮純と言います。カウンセリングを担当させていただきます」

五等は無言でうなずいた。

「カウンセリングというのは、重く考える必要はなくて、ただお話を聞くだけです。いろいろお聞きできたらと思います」

「お話だけで済むならいいが……」

意味の取りにくいことを五等は言った。

「大丈夫ですよ。特に問題ありません」

純はそれを受け流して、話を進める。

「しかし、私から話せることはそれほどない」

五等はうなるように言った。

「それではこちらから質問しますので」

「ふむ……」

五等はなんともわからぬ表情で黙《だま》った。

純は気にせず質問をはじめた。

「最近の画は、気分良く描けていますか？」

「画は気分良く描くものではない」

「そうですか。一口には言えないでしょうけれど、描くときってどんなことを考えているんです？」

「何もない。神の思うままに描いている」

「神……ですか。実際に画を見ながらお伺《うかが》いしても？」

純は聞いた。

「見てもらってもいいか？」

五等は奈緒に確認をとった。

奈緒がうなずき、先に立ち上がると、離れのアトリエへと先導した。

アトリエに入るとすぐに壁《かべ》にかけられた大作が目に入る。

「うわ、すごい」

思わず純は声を上げていた。

広大な砂漠《さばく》を旅する一人の男の画である。

その日差しと影《かげ》の生み出す奥行《おくゆき》と広大さが吸い込まれるようで、前に立つだけで男と同化したように感じられる。美術についての知識はまるでなくとも、名画であることはすぐにわかる。

「素晴《すば》らしいですね」

そう言って五等を振り返ると、美術家にありがちな反応とでもいうべきか、彼《かれ》は他人事のようにうなずいただけだった。

そして、言う。

「今の画を見てくれ」

邪神の画とは聞いていたが、これだけの名画を描いた人間だ。凄《すさ》まじい画が出てくるに違いない。

期待と恐《おそ》れを抱《いだ》きながら、アトリエの一室に入る。

そこにはいくつも描きかけの画が並んでいた。

「え？」

純は不意を衝《つ》かれて立ち止まる。

その画は、恐ろしく写実的なものだった。油画であるが、どれも精密にピントが合った写真のように感じられる。

描かれているのは、イカの頭部とナマコの皮膚、竜《りゅう》の胴体《どうたい》を持つ生物だ。

邪神。

そうとしか言えない。

画は何枚もあった。角度を変え、目のみをアップにしたかと思うと、触手《しょくしゅ》のみのこともある。共通しているのは、高解像度の映像にも思えるほど写実的なことだ。

見ているだけで狂気の世界に陥ってしまいそうだが、純は目を輝かせる。

「すごい」

ニタリ、と五等が笑った。

「狂っていくようかね？」

「そうですね。もっと大きい画なら、そうなっても……」

そう言う純に、五等はさらに先の画を見るように促す。

「画は、まだあるんだ」

先に進むと、そこにあったのは人物画だった。

「ここで人物画？」と普通なら拍子抜《ひょうしぬ》けするところだが、純はここに来ておそらくはじめて戦慄《せんりつ》した。

その写実的な人物画は、明らかに今の自分——純——のことを描いていたからだ。

「え……？」

その顔は明確に純である。

「失礼かと思ったが、描かずにはいられなかった」

五等はニタリとした表情を崩《くず》さずに言った。

背筋が冷たくなるのを純は感じた。

超常《ちょうじょう》的な恐怖《きょうふ》というのをはじめて知った。

画は精緻《せいち》で、描くには相応の時間が必要であろう。だが、奈緒が純の事務所にやってきたのは昨日のことだ。たとえ事前に純を調べて準備しておいた悪戯《いたずら》だとしても、服装が今日のものと完全に一致《いっち》していることが超常現象であることを証明していた。

「どうして、これが描けたんですか？　いつ……？」

「神が教えてくれる」

五等はニヤニヤとした笑顔《えがお》のまま言った。

「こういう調子でして……大丈夫ですか？」

横にいた奈緒が心配そうに聞いてくる。

純は逡巡《しゅんじゅん》した。

自分のことを感じ取られているという恐怖と、狂気へとはまり込んでいく予感がある。

だが、それと相反するように、五等を救うべきだという思いと、超常現象への畏怖《いふ》と興味もある。

とはいえ、実際には純は、ほぼ即答《そくとう》していた。

「大丈夫です。その神についてお話をしましょう」

奈緒はほっとした様子で胸をなでおろした。

「心配ですが……お願いします」

○

「それで、何を話すのかな？」

アトリエにあるテーブルに移動し、向かい合ってすぐに五等が聞いた。

「神が教えてくれるというのは、言葉としてなんでしょうか？　見えるということなんでしょうか？」

純が問うと、五等は少し考えてから言った。

「見える。その場にあるように見える。景色も人も。素晴らしい力だよ」

五等は恍惚《こうこつ》としているのか、呆《ほう》けているのか、目線を虚空《こくう》に向けている。

「この感覚について知りたいだろうから、少しお話ししよう。この力は脳髄《のうずい》の根深いところにある電波受信器に由来しているんだ。電波受信器は輝く多面体の一部で、世界では私だけのものだろう」

これは純にとっては、ある程度馴染《なじ》みの範囲の狂気だった。対応策も心得ている。

「こちらから送信はできないのですか？　また修理も必要かと思いますが、どのような仕組みでしょう?」

相手の言葉を否定しない。そして機会を見て投薬を促し、それから間を置いて根気よく対話すれば、いずれ狂気も静まっていく。カウンセリングの初歩だ。

「送信はできない。ただ受け入れるだけだ。そして、修理もできない。壊《こわ》れつつあるんだ。私はそれが恐ろしい。自分が拡散して宙空に舞《ま》い、素晴らしきビジョンを見せられるあの感覚が消えてしまうことが」

五等が悲しげな目を純に向けた。

と、不意に純の視界に異常が起きる。

五等の顔がまるで急速に接近してくるかのように大きくなったのだ。

超常現象ではない。『不思議の国のアリス症候群《しょうこうぐん》』と呼ばれているそれだ。精神の変調がもたらす感覚の一時的な変調に過ぎない。誰《だれ》にでも起こることだ。

が、今の純には自身の周囲に透明《とうめい》な壁ができ、自分のことを圧迫《あっぱく》してくる様子がリアルに感じられていた。一時の感覚に過ぎないという知識はごくわずかな安心感しか与《あた》えてくれなかった。

「自分が拡散する感覚の素晴らしさがわかるだろうか？　あれは体験しなければわからない。ガス状ではなく、霧状《きりじょう》なんだ。身体の細胞《さいぼう》のひとつひとつがバラバラになって拡散する！　だが、それらは確実に繋がっていて、相互《そうご》に関係しあっている。その証拠《しょうこ》に私は細胞の数を数えることができた！　正確な数は変化するが、それは遠い銀河の星の数よりも多いのだ！　人間！　生物！　この驚きのもの！　そして、その数を数えることのできる神の偉大《いだい》さ！　それが失われることが何を意味するか？　数を数えることの喪失《そうしつ》だ！　拡散したら、次に拡散したら、もう戻れない。細胞の数を数えられないからだ！　君に、いや、人間にできるか？　目に見える星をすべて数えることが！　砂浜《すなはま》の粒《つぶ》をすべて数えるということが！」

五等の精神状態は激しく移り変わり、それに巻き込まれるように純の精神も激しく混乱した。いつもならクライアントの話に引き込まれぬように聞き流すことができるのだが、今回は無理だった。身体中の毛が粟立《あわだ》つ感覚があり、その毛を自らの意思で一本一本動かせるかのような錯覚《さっかく》が脳を襲《おそ》っていた。そんなことができたら、狂うに決まっている！

純は感覚を喪失した。一種の気絶である。そして、絶え間なく続く五等の言葉を脳に刻みつけられていった。

「人知の及ばぬものよ万歳《ばんざい》！〝細胞の数を数えるもの〟よ万歳！決して喪失せぬ数よ万歳！精緻なる画を与え給《たま》え！」

純の意識が戻ったことを彼女自身が知ったのは、奈緒が「カウンセリング、素晴らしかったです」と玄関《げんかん》で送り出してくれたときだった。

純はドアが閉じられてもしばらく呆然《ぼうぜん》としていた。が、ハッと我に返り、自分の身体の確認をする。

どうやら怪我《けが》も異常もない。精神も今はまともなようだ。

それでも五等の言葉を思い出すと、自分の正気を疑いたくなる。あれは夢か幻覚《げんかく》で、本当は寝ていただけなのではないか？　そんな思いがよぎる。

「そうだ、窓に」

ふと思い出したのは〝窓についていた粘液〟のことだった。あれも「夢だったかも」と奈緒が言っていた。拭き取ったとは言っていたが、確認できるかもしれない。

純はガレージには行かず、裏門の横を抜《ぬ》けて庭へと入り込む。許可を取るより確認を急ぎたかった。が、庭に入ってはみたものの、そこで不案内と方向音痴《おんち》が仇《あだ》になった。庭をウロウロと歩き回り、寝室《しんしつ》の窓を探す。

視線を巡《めぐ》らせていると、純は視線を感じて動きを止めた。

ぎょっとしてそちらを見る。

家でなく、道路の方だ。

そこに男が立っていた。

美形である。

なによりもそう感じた。

銀色《ぎんいろ》の髪《かみ》は長めでウェーブがかかっており、同じ色の細い眉《まゆ》とその下の目は絶妙《ぜつみよう》な美しさのカーブを描いている。鼻梁《びりよう》も口も名工により削《けず》り出されたかのようだ。

が、その美に当人は気づいていないか執着するところはないらしい。

服装は古びた薄手《うすで》のトレンチコート。その下にはだらしなく結んだタイと、ボタンが中《ちゆう》途半端《とはんぱ》に閉じられたシャツ。

そして、表情はすべてに飽《あ》き飽きしてしまったとでもいいたげな憂鬱《ゆううつ》なもので、〝厭世《えんせい》観《かん》〟とタイトルのついた人物画なのではないかという具合。

タキシードでも着せて微笑《ほほえ》ませれば、多くの女性を容易に落とせるだろうが、問題は彼を微笑ませるのが難しいことだと一目でわかる。

そんな純の内心に気づいているのかいないのか、男は鬱陶《うっとう》しそうに言った。

「泥棒《どろぼう》にしても間抜《まぬ》けすぎるな。何をしている?」

ひゃあ、喋《しゃべ》った! と純は跳《と》び上《あ》がる。

「驚かすつもりはなかったが、失敬な反応だ。何をしていたにせよ、立ち去るがいい」

「い、いえ、怪《あや》しいものじゃなくて、私、この家の方のカウンセリングをしたところでして……」

「心理士か」

「はい、そうです」

「三流の」

「え、ひどい、そんな。それとも、私のこと知っているんですか?」

辛辣《しんらつ》なことを言われて純は言い返す。

が……。

「聞かなくてもわかる。心理士がクライアントの秘匿《ひとく》をしないでどうする」

「あ……」

純は言い訳できなかった。

しかし、相手が正しいと思えたのはそこまでだった。

「そもそも今日という日に接触《せっしょく》するのは良いことではなかった。星辰《せいしん》が読めるようになるまでは行動を控《ひか》えるべきだ。白き日には巡礼《じゅんれい》を。紅《あか》き日には追儺《ついな》を。階梯《かいてい》を極《きわ》めろとは言わないが、探究を最初から行わないということはありえない」

男の目は正気ではないように思えた。極めて美しい瞳だけに、その異常度は桁違《けたちが》いだ。見ているだけで頭がおかしくなってきそうだ。

そして、彼は一方的に話を打ち切った。

「わかったら立ち去るんだ。依頼《いらい》も断れ」

「ちょっと待ってください。そういうわけには……」

純は口ごもった。

しかし、男はすでに歩を進めていた。トレンチコートの後ろ姿が遠ざかっていく。

「こ、断りませんからね、依頼」

そう背中に向かって言ったが、男は振り返らない。

その歩みはあまり速いものではない。男は左手で杖《つえ》をついており、片足が不自由な動きをしていたが、間違っても呼び止めようなどとは純には考えられなかった。

その背中から異様な迫力が感じられたからである。

幽鬼《ゆうき》などという言葉が似合う。

ゆらりと立ち上る透明な力が接近を拒《こば》んでいた。

純は男の背中が角を曲がるまで、ぼんやりと立《た》ち尽《つ》くしていた。

そして、ふと、言われたことを反芻《はんすう》して気づいた。

「あの人も心理士なんじゃあ……」

どこか頭のおかしいことを言っていた部分を除けば、その推測が成り立つのだった。

○

大船の自宅マンションに帰り、簡単な食事をすませると、純はシャワーを浴びてさっさと寝ることにしてしまう。今日はいろいろあり過ぎた。次のカウンセリングまで間があるので、しばらくは通常業務だけにしておき、いつも以上に精神を休める必要がありそうだ。

純はその晩、夢を見た。

荒野《こうや》に立っていた。草ひとつない岩だらけの寂《さび》しい風景だ。

しかし、不快ではなかった。

美しい。

荒野とはなんと美しいものか。

夜である。紅色の月明かりがある。遠くに岩山がある。他《ほか》に何が必要だろうか。

山稜《さんりょう》は紅に光《ひか》り輝き、岩の影がくっきりとモザイク模様を描いている。大地にある裂《さ》け目《め》は深淵《しんえん》で、吸い込まれそうな闇《やみ》を作り出している。

生物がいないことが心地好《ここちよ》い。

そうか。そういえば、世の汚物《おぶつ》はすべて生物から生まれているではないか。微生物《びせいぶつ》が汚《お》泥《でい》を作り、菌類《きんるい》が粘液を生み出し、植物が土壌《どじょう》を腐《くさ》らせる。昆虫《こんちゅう》が不快に蠢《うごめ》き、それを食べる生物が糞《ふん》を撒《ま》き散《ち》らす。哺乳類《ほにゅうるい》の死骸《しがい》は腐敗《ふはい》し、世界を汚染《おせん》していく。

生物がいなくても世界は完璧であるのだ。

腐敗を遠ざけよう。清い世界で生きていこう。汚物も触手もない世界……。

——触手?

その考えが良くなかった。

純は背後に凄まじく邪悪《じゃあく》な気配を感じた。心底から不快な、それでいて圧倒的《あっとうてき》に強い気配だ。海産物が腐敗した臭気《しゅうき》が、恐怖を伴《ともな》って背後から流れてくる!

振り返るなど本来はあり得なかった。が、ここは夢の中である。意思とは無関係に純は振り返った。

ああ。

邪神《じゃしん》だ。不快なる海の王者が触手というてなを広げ、腐り果てよと招いているではないか。

巨大《きょだい》な邪神を前にして、小さな純は身動きひとつできない。そこにあの感覚まで襲ってきた。自らの視界がズームカメラのように邪神の顔を大きく見せ、対照的に自分がさらに小さくなったかのような感覚！

そして、純の体は邪神に近づきはじめた。棒立ちのまま宙を滑《すべ》るように邪神に引き寄せられている。

「！」

声にならない叫《さけ》びを純はあげた。

心の深いところで助けを求める。

――誰か！

と、それに応《こた》える者があった。純の横に男が立っている。

美貌《びぼう》に、すべてのものにうんざりしたかのような表情。

日中に見たあの心理士である。

男は無言で純の方に手をのばしてきた。

ホッとしたような、気まずいような感覚。相手は美形であり、純は適齢期《てきれいき》の女だ。
――まさかつい憧《あこが》れちゃったなんてこと？
が、これは夢だ。誰も見てはいまい。
素直に純は名も知らぬ男の手を取る。
男は、やれやれといった表情を崩さず、純の手を引いて空中を滑りはじめた。
邪神の方に。
「え！　ちょっと待って！　なんでよ！　ありえない！」
純はその手を振り払《はら》おうとした。
男は心底から嫌《いや》そうな表情で純を見て、その手に力を込めた。
より強く、純は邪神に引き寄せられていく。
「ダメダメダメ！　ダメだって！」
純はもう本当に無理やり手を振り払った。
男はここで諦《あきら》めたかのように手の力を緩《ゆる》めた。純の身体は空中で停止する。
「なんてことをしてくれるの！　助けてくれると思ったのに！」
純は男を怒鳴《どな》る。
すると、男は面倒《めんどう》そうに杖を持った側の手で頭をかいた。

「君がそれでいいなら放っておくさ。だけど、忘れるんじゃない。怪異《かいい》というのは真実のものだが。人間は嘘《うそ》をつくんだ。誰だって」

その言葉を聞いた瞬間《しゅんかん》、純の中で何かが切れた。身体から浮遊《ふゆう》感が消え、一気に重力が精神を捉《とら》える。

「あっ！」

純は現実世界へと落ちていき、目覚めると振り回した手が枕《まくら》と恐竜《きょうりゅう》のぬいぐるみを跳《は》ね飛《と》ばしていた。

「うわ、ひどい夢……」

純はつぶやいて、いつもの夢と違《ちが》い、忘れることができなそうだと身体を震《ふる》わせた。

自分も邪神に魅《ひ》かれているのかもしれない。

邪神の影響が周辺部にも及《およ》んできたのかもしれない。そうなると、村越五等の治療《ちりょう》にも影響する。五等の回復を急がなければならない。

「ちょっと荒療治《あらりょうじ》だけど、あれをやるしかないかな……」

純はある決意を固めていた。

○

次のカウンセリングの日、五等の状況《じょうきょう》はより悪くなっていた。

以前は会話も普通《ふつう》にできたというのに、今は難しくなっていた。

「描《か》けない……描けないんだ……」

そうつぶやきながらキャンバスに向かい、言葉とは裏腹に邪神の画を描いている。

その画の写真のような精緻さは衰《おとろ》えていない。凄まじい速度で海産物の奇怪《きかい》な面を具現化したかのような皮膚《ひふ》が描《えが》き出されていく。

「昨日からこうなってしまって。今日が満月なのとなにか関係があるんでしょうか……?」

純を急ぎアトリエに連れて行った奈緒が、心配そうに聞いてくる。

無理もない。事態の進行が早い。

こうなると荒療治の方に移るしかない。準備をしていただけ幸いだったと言えるだろう。

「カウンセリングよりも投薬と静養が必要です。申し訳ないのですが、病院に入っていただくようになるかと。私も責任を放棄《ほうき》したというわけではありません。提携《ていけい》している病院を紹介《しょうかい》させていただきます」

純はすでに書類を用意していた。江ノ島近辺の精神汚染は深刻なものがあり、措置《そち》入院の基準も特別にゆるい。純ともう一名の医師のサインのみで事足りる。

「提携病院って、弥勒鎌倉大学病院《みろくかまくらだいがくびょういん》ですか？」

奈緒が聞いてきた。

「そうです」

純はうなずいた。

弥勒鎌倉《みろくかまくら》大学。

古くからある鎌倉の総合大学で、江ノ島からは北に10キロちょっと離れている。名前の通り、宗教学と民俗学《みんぞくがく》に優《すぐ》れ、宗教的な意義から医学部も開設されている。病院はその敷地《しきち》に隣接《りんせつ》していた。

「大きい病院ですね。よかった……」

奈緒は胸をなでおろす。

「適切に治療していただけるものと思います」

純は請け合った。そして五等に呼びかける。

「村越さん、よろしいですか？　いま、あなたは大変具合が悪いことになっています。ですので、まずは病院で検査を受けていただくことにしましょう」

すると、それまで廃人《はいじん》同然だった五等は不意に我に返ったように立ち上がった。握《にぎ》っていた絵筆が手からこぼれて、床《ゆか》に落ちる。

「い、嫌だ！　私はここを動かない！　動きたくないんだ！」

純は五等の手を握った。

「大丈夫《だいじょうぶ》です。ただの検査です。それに、ここを動きたくないというのも、何か悪い精神のあらわれです」

優《やさ》しい口調で純は言ったが、五等はその手を振り払った。

「私はここを動かない！」

「お父さん、やめて！　お願い、信用して。入院が必要なの！」

奈緒が五等の身体にすがりついた。

「う……」

これにはさすがに五等も動きを止めた。

そのタイミングを逃《のが》さず、純が五等の腕《うで》を掴《つか》む。

「落ち着いてください。一歩ずつ、一歩ずつ……」

五等が急に動かぬように、そして転ばぬように慎重《しんちょう》に、純は五等の手を引いていく。

「どこへ行くんだ？」

「ご心配なく。また絵が描けるようになる場所です」

純は言い、五等を裏口からガレージへ連れて行くと、車に乗せ、奈緒に着替《きが》えと日用品、それと画材を持ってくるように言う。そして車に乗り込み、携帯《けいたい》であらかじめ報《しら》せておいた相手――弥勒鎌倉病院の伊久里《いくり》医師に電話をかける。

「あ、間宮です。これからお連れいたします」

伊久里は数度顔をあわせたことがある医師で、腕は確かだと聞いている。

「はい。大丈夫です。どうぞ。問題ありません」

返答があった。

奈緒が荷物を車のトランクに積み、助手席に乗り込むのを待って車を出した。

〇

車は弥勒鎌倉病院に向かう。道中、五等は何事かをブツブツつぶやくだけで暴れることはなかった。

到着《とうちゃく》すると、車を駐車場《ちゆうしやじよう》でなく病院入り口につけ、とりあえず五等と奈緒を先に病院に入らせる。

入り口には看護師と伊久里医師が待っていた。

伊久里は人の好《よ》さそうな丸顔に縁無《ふちな》しメガネの中年だった。五等と奈緒を見ると、彼はゆっくりとうなずいた。

「よろしくお願いします」

奈緒の挨拶に、もう一度、伊久里はうなずいた。

「大丈夫です。どうぞ」

純は車を駐車場に駐《と》め、裏口から病院に入る。検査のため採血室に入る予定だったので

そちらに向かい、伊久里の姿を認めると声を掛《か》ける。

「伊久里先生、よろしくお願いしますね」

伊久里はうなずいた。

純は採血室を覗《のぞ》き、五等の落ち着いた様子を見て安心すると、スケジュールを確認《かくにん》する。

「それで、先生、この後、鎮静剤《ちんせいざい》をうっていただいて、しばらく入院ということでしたよね？　私は明日も様子を見に来るということで、よろしいでしょうか？」

伊久里はうなずいた。

「問題ありません」

「良かった」

純はホッとしてその場を離《はな》れ、五等が精神科の病室に移されて眠《ねむ》ったのを確認後、奈緒とともに受付で書類にサインする。

「しばらく入院になりますけど、私も定期的に様子を見に来ますので」

事務作業を終えて、純は奈緒に確認する。

奈緒は安心した様子で頬《ほお》を緩めた。

「あなたに相談してよかったです。この病院なら知っていたし、ホッとしました」

「投薬後にこそカウンセリングが必要になりますので」

純はセールストークをする。

奈緒は少し笑った。

「お願いしますね」

そして、純と奈緒は受付から駐車場側の出口へと向かう。精神科の前を通るとき、部屋に伊久里がいたので頭を下げ、「お願いしますね」と挨拶をした。

伊久里はうなずいた。

「はい。大丈夫です」

そして、純と奈緒は駐車場へと向かった。

自動ドアが閉まる。

が。

純も奈緒も気づいていなかった。

伊久里のメガネの奥の眼球が小刻みに振動《しんどう》していたことに。

まるで電気回路のように、左右に正確に瞳《ひとみ》が動いている。

そして、伊久里の口は、絶え間なく同じ言葉を繰《く》り返《かえ》していた。

「はい。大丈夫です。どうぞ。問題ありません。はい。大丈夫です。どうぞ。問題ありません。はい大丈夫です。どうぞ。問題ありません。はい大丈夫ですどうぞ。問題ありません。はい大丈夫ですどうぞ問題ありません。はい大丈夫ですどうぞ問題ありませんはい大丈夫ですどうぞ問題ありませんはい大丈夫ですどうぞ問題ありませんはい大丈夫ですどうぞ問題ありません……」

○

自宅に戻《もど》って、純は今回の仕事の特異性に思いを馳《は》せていた。

ここまで身近に邪神の影響《えいきょう》を感じたことははじめてだ。五等の精神が心配になる。

しかし、界隈《かいわい》ではいちばんの病院に入ったことで快方に向かうはずだ。いかに邪神といえど、近代の精神医学と薬があれば、その力がいくら強かろうと精神を影響下から解放することはできるはずだ。

「大丈夫《だいじょうぶ》、だよね」

とはいえ純も邪神について詳《くわ》しいわけではない。

そもそも、現状の日本で邪神に詳しいというのは、狂人《きょうじん》であることと同義である。ミイラ取りがミイラになるとはよく言ったもので、民俗学の学生が鎌倉にやってきて邪教《じゃきょう》の信者になった例は珍《めずら》しくないし、オカルト好きなどは狂信者《きょうしんしゃ》になりたくてなっている感まである。邪神を信奉《しんぽう》する宗教団体は当然すべて未認可だが、いくつも存在し、互《たが》いに嫌《きら》い合っている。どうやら邪神について知識を深めていくと狂《くる》ってしまうものらしい。

つまり、そのことについては、考えないほうがいいというわけだ。

純は日常に戻るべく奈緒からお礼にともらった焼き菓子に手を付けることにして、紅茶をいれた。遅《おそ》いティータイムだ。

ブランデーケーキを皿にのせ、紅茶とともに楽しむ。

軽くでもアルコールが入っているせいか、食べ終わると眠くなってきた。

あくびをひとつ。

と、いきなり意識が遠のいていく。

これはなにかおかしい……と、思った時には純は夢の世界にいた。

またも荒野である。

そして、純の背後に邪神がいる。

邪神が呼んでいる。

恐ろしい姿で触手を広げ、純の身体を浮《う》かび上がらせて引き寄せている。純を食べて取り込もうとしているのか、あるいは信者にするため狂わせようとしているのか……。

恐怖が増し、声をあげようとするが、以前のように声をあげることはできない。

身体がしびれている。

手も足も動かない。表情すらも変えられない。筋肉が麻痺《まひ》していた。

強い恐怖が純の心を震わせる。

嫌な予感がする。

あの男が現れ、邪神へと引き寄せられるのを加速するのではないかということだ。

夢なら目が覚めれば邪神からは逃れられる。

だが、あの男に捕らえられたなら、現実でも邪神に取り込まれてしまうような気がする。

――あいつはきっと邪神のエージェントなんだ……。

純は目を覚まそうともがく。

が、その努力の途中《とちゆう》、予感通り激しく腕を掴まれた。

「きゃあ！」

悲鳴が響《ひび》く。

純は驚《おどろ》く。

それは自分があげた悲鳴だった。


「え？」

目が覚めた。

ホッとしたのもつかの間のことだ。

路上にいる。

寝《ね》ていたはずなのに、今、自分が立っているのは自宅マンション前の路上だ。

暗い。

時間は深夜だろう。

周囲には誰もいない。

そして、なにより……。

腕を掴まれていたのは現実だった。

腕の痛みに振《ふ》り返ると、夢と同じようにあの男に腕を掴まれていた。

陰鬱《いんうつ》で、鋭《するど》い眼光が純を見据《みす》えている。

美形であるのに、いや、美形であるからこそ、恐怖を覚えるほどの強い威圧《いあつ》感をその瞳が放っていた。

「い、いやぁ！」

純は手を振り払う。

意外や、男の手の力はそれほど強くはなく、腕は簡単に自由になった。

走り出す。

どういうわけか、服も靴《くつ》も外出用に着替《きか》えていた。

着替えた記憶《きおく》も外に出た記憶もない。夢うつつのままに行動したということなのだろうか？　前後の記憶がすっぽりと抜け落ちている。

男が背後から迫《せま》って来ているので、振り返ってマンションに戻るわけにはいかない。

いや、裏口がある。ゴミを捨てるためのプレハブ小屋があり、そちらに行くための扉《とびら》を乗《の》り越《こ》えればいい。

背後を振り返る。

男は追って来ているが、杖をついているため、速度はどうということはない。

純は小走りとなり、角を曲がり、マンションの裏へ向かう。

細い道に入った。

そこには誰もいない。

大丈夫だ。

安心した。

さらに歩のペースを落とす。

「あの男のこと……通報しなきゃ……」

鎌倉で警察は機能していないが、まだこのあたりなら通報すれば警官はパトロール程度はしてくれる。

裏口までもうすぐだ。

その時。

バサリ。

鳥の羽音にも似た音がした。

上空である。

音はかなり大きい。

「ひ！」

小さく悲鳴をあげて空を見た。

――ああ！

なんということか。

純はあまりのことに脳内が真っ白になってしまった。

それは上空から純の目の前に降りてきた。

人間サイズの海老《えび》……というのがしっくりくるだろう。甲殻類《こうかくるい》のごとき多数の脚が生えた身体に、コウモリのような羽を持っている。おまけに頭部ときたら、長く伸《の》びた首の先端《せんたん》に触覚《しょっかく》のついた楕円状《だえんじょう》の球体だ。

明らかに地球上の生命ではない。

そいつは身体の最下部の脚で立ち、最上部の腕としか思えぬ大きな脚を前に突《つ》き出《だ》していた。その先端はカニのようなハサミになっている。

そして、なんと……！

そいつは純に向かって何事か声を発し、さらに歩み寄ってきたのである。

声をあげることもできず、純は気を失った。

○

「間宮さん、間宮さん……！」

呼びかけで目が覚め、二度目の気絶から引き戻される。

純は目を開け、自分がベッドで寝ていること、そして呼びかけてきたのが奈緒であることを知る。身体を起こすと、伊久里先生も自分を見下ろしている。

助かったのだ。

「ふう……私、どうしていたんです？」

「気を失っていたんですけど、もう大丈夫ですよ」

奈緒が言った。

「大丈夫です。問題ありません」

伊久里が言った。

身体を確認してみる。確かに異常はなさそう……いや、ベッドから降りられない。

身体の異常ではない。腰《こし》の上にベルトが巻かれ、身体がベッドに固定されているのだ。

拘束《こうそく》用のベッドである。

「どうして拘束を……」

不安になり、純が聞くと、親切そうに奈緒は微笑《ほほえ》んだ。

「身体には異常ありません。理想的。喜んでくださいね、あなたは五等の後継者《こうけいしゃ》になれるんですから」

「後継者……」

戸惑《とまど》い、周囲を見回す。

ここが精神科の施術室《せじゅつ》なのは間違《まちが》いない。固定具や電気ショックの機材が並んでいる。

そして、ふたつのベッドには、もう片方に五等が寝ている。意識はないらしい。

「い、いったい何を……！」

「大丈夫です。問題ありません」

伊久里の言葉は会話ではない、と純は気づいた。

その目を見る。

眼球が信じられない速度で振動していた。

「きゃあああ！」

純が悲鳴をあげる。

即座《そくざ》に奈緒が覆《おお》いかぶさってきた。

「大丈夫。身体も精神もそのままです。ただ、見えるようになるだけ」

奈緒は暴れる純を押さえながら、伊久里に目配せする。

伊久里は機械的ながら手際《てぎわ》よく純の手足をベッドに拘束する。

「大丈夫なわけないでしょ！　一体何を！」

「五等からもう聞いていましたよね？　脳に多面体の欠片《かけら》を埋《う》め込むの。そうすると、ビジョンが見える。そして、それを精確に描くこともできるようになるんです」

　奈緒は息こそ荒《あら》くしていたが、まったく正気としか思えなかった。

「え……。だけど、邪神を描くのをやめたかったんじゃ……」

「それはそうに決まってます。五等の高値がついた画こそが、多面体の効果によって描かれたものなんですから」

「え……」

　純は言葉を失っていた。

　オークションに出され、高値がついた芸術作品こそが、怪現象《かいげんしょう》によって描かれたものだったとは！

「でも、長年のことで五等はその力を失いはじめたんです。邪神を描くようになったのも、以前のように描けなくなったから、自分に超常《ちょうじょう》の力を呼び戻す悪あがき。写実画なんてテクニックだけで描けるもの。そこにビジョンがなければ魚屋の店先を描いたのと同じ」

　奈緒は伊久里に向かってうなずいた。

　伊久里は不可思議な声をあげた。

それは、純が気絶する原因となったあの生物の声と同じだった。

「！」

純は驚愕《きょうがく》し、同時に開いた施術室の扉を思わず見てしまう。

甲殻類の歩行音と奇怪な声とともに、あれが入ってきた。

どうやらそれには知能があるらしい。

伊久里と奈緒に挨拶《あいさつ》のようにハサミの手を挙げる。

「よろしくお願いします」

奈緒は言った。

——ああ、そういうことか！

すべて仕組まれていたのだ。

そういえば、奈緒は自分のことを下調べしていた。世話になるカウンセラーのことは公開情報くらい調べておくのが常識とは思っていたが、提携病院まで知っていたのはそういうことだったのか。

「伊久里先生はどうして……」

しかし、医師である伊久里が協力しているのはおかしい。彼《かれ》はまともな人間だったはずなのだ。

「彼には悪かったと思ってます。彼らとの取引のために犠牲《ぎせい》になってもらいました。彼らはユゴス星の住人。人間の脳を保管し、その思考を研究しているの。先生の脳と彼らが作った人工脳を入《い》れ替《か》えたというわけ」

奈緒は申し訳なさそうに言ったが、それが芝居《しばい》なのは純にも見て取れた。本当は伊久里のことなどどうとも思っていない。

「狂ってる！」

純は叫んだが、奈緒は意にも介《かい》さない。

「まさか。正気ですよ。大丈夫。施術が行われても何も肉体に変化がないことは五等で証明済みだもの。安心してくださいね。あなたは画家として有名になれるし、贅沢《ぜいたく》な暮らしもできますよ。私はあなたのマネージャーになるのだから、長い付き合いになるはず。もう少し素直《すなお》になるようお願いしますね」

奈緒は微笑んだ。

ユゴス星人は五等に歩み寄り、器用にハサミを使い五等の左目のまぶたを開けた。麻酔《ますい》が効いているのか五等の意識は戻らず、眼球が顕《あらわ》になる。

空いている左手で、ユゴス星人は伊久里から小さな石のようなものを受け取った。石は楕円形《だえんけい》に近い多面体で、施術室の照明を受けてキラキラと輝《かがや》いていた。

多面体が五等の目に近づく。それは磁石のような効果を持っているのか、五等の眼球の裏側から剥離《はくり》した黒曜石の欠片のようなものがずるりと滑り出てきた。

なるほど、簡単な施術である。入れるときには、逆に目から脳へと滑り込ませるだけで完了《かんりょう》というわけだ。

「さぁ、受け取ってくださいな。良い画が描けますように！　古代中東の魔法《まほう》都市！　ユゴス星の荒涼《こうりょう》ながら美しい谷！　夢の国の驚くべき高原！　南極大陸の地下！　想像の中にしか存在しない類推の山！　すべてが描ききれないほどの驚異《きょうい》の景色が脳内に浮かぶんですよ！　あなたもその素晴《すば》らしさにすぐに虜《とりこ》になるはず」

奈緒は心底からうっとりと目を輝かせて言った。

そして、ユゴス星人が接近してくる。

多面体と欠片を持ち、伊久里が頭を押さえつけている純に向かって。

しかし、救いの手はやってくる。

「そういうわけにはいかない。邪魔《じゃま》をさせてもらう」

低い声とともに施術室のドアが開いた。

「なんで！」

鍵《かぎ》がかかっていたのに、と奈緒の叫び声があがる。

「追ってきていたんだ。時間はかかっても来るに決まってる。驚くほどのことじゃない。鍵のことなら、それも時間次第《しだい》でどうとでもなる」

侵入者《しんにゅうしゃ》はつまらなそうに言った。

その場の全員が彼に注目していた。

美形である。

厭世的《えんせいてき》な表情が嫌というほど決まっている。

だらしない服装ながら、細身の体型と相まって、颯爽《さっそう》としているように見える。

「こそこそと嗅《か》ぎ回っていた男ね！」

奈緒はそう言うと、自らのスカートのポケットに手を突っ込み、プラスチック製の容器を取り出した。薬を入れておく筒状《つつじょう》のものだ。急いで蓋《ふた》を開けると、蓋に付属の小さなスプーンで中の粉をすくい上げて、何事か叫びながら、男に向かって投げつける。

まるで小麦粉を小さじで投げているかのような滑稽《こっけい》な見かけだが、奈緒は何らかの確信があるらしい。鼻孔《びこう》を膨《ふく》らませ、自慢《じまん》げに告げる。

「誰《だれ》だか知らないけれど、あなたも眠ってもらうわ」

粉をかけられた男は、左手で杖《つえ》をつき、右手で頭をかく。

「なるほど、眠りの魔術《まじゅつ》か。病院中の者が寝ていたから予測はできたが」

当人は意識していないだろうが、その美貌がゆえに嫌味《いやみ》は通常の数倍になって伝わる。

嘲笑《ちょうしょう》する。

「なんで！」

奈緒が怒気《どき》まじりに叫ぶ。

「夢は古い友人でね。私はあなたより眠りに詳しい」

美形はこともなげに言ってのける。

「……なにをふざけたことを！」

奈緒は狼狽《ろうばい》した。

そして、ユゴス星人に向かって奇怪な言葉を発する。それは、超常の力を用いた命令なのか、それとも彼らの言葉での依頼《いらい》なのか。いずれにせよ、ユゴス星人は侵入者への攻撃《こうげき》を決意したらしい。

ユゴス星人がブザーにも似た音を立て、男に向かって頭部のアンテナに似た触覚を動かした。

光線こそ出なかったが、その周囲の空気が振動していることは、先刻撒き散らされた粉が空中で波形を描いたことから知れた。その振動波《しんどうは》は正確に美形の頭部に向かって集中している。

精神攻撃。
そんな言葉が見ている純の脳裏《のうり》にも浮かぶ。
美形はニヤリと笑った。
右足だけでバランスをとり、左手に持っていた杖を魔法使《まほうつか》いのように正面にかざす。
杖の柄《え》に球形の握りがある。その握りを真《ま》っ直《す》ぐに突き出していた。
異変が起こる。
杖の球形の握りに、ぎろり、と目が出現したのだ。
その目は精緻《せいち》な宝石細工のようだった。だが、それが動くとはどういうことなのか。
ただ、その場の誰にとっても疑問を感じている間はなかった。
その目がユゴス星人の発する振動波を一瞬《いっしゅん》にしてすべて吸収したのだ。
「ロヤの目は幽体《ゆうたい》を統《す》べる」
美形は言った。
そして……。
「ロヤの目は夢の名において幽体を破壊《はかい》する」
その言葉とともに、宝石細工の目が光を放った。
凄《すさ》まじい光の奔流《ほんりゅう》がロヤの目から発せられ、まるで暴風の前のロウソクの炎《ほのお》のように、ユゴス星人の身体をどこかの空間へさらっていったとしか思えぬ速度で消し去ってしまう。

消え去る瞬間も、その後も音はなかった。

奈緒はもちろん、純も悲鳴をあげる暇《ひま》さえなかった。

光は一瞬で消え、施術室には超常的なものは何も無かったかのようだ。

伊久里が糸を切られた操《あやつ》り人形《にんぎょう》のように崩《くず》れる。

その後は、ただ二人の人物がベッドに寝ており、同様に二人の人物が立っているだけ。

「な、なに、この化物……」

ようやく静寂《せいじゃく》を破ったのは奈緒の声だ。

「それはこっちのセリフだ。人間を壊《こわ》そうとする者が怪物《かいぶつ》でなくてなんなのか」

鋭い目で男は奈緒を睨《にら》んだ。

「ひ！」

奈緒は自分も消されるのか、と怯《おび》える。

が、男は再び杖を床についた。

カツン！　と高い音が響く。

奈緒はその場にヘナヘナと膝《ひざ》をつく。

「だが、残念ながら私は人間を罰《ばっ》するような親切はしない」

男は奈緒を無視し、純のベッドに歩み寄ってくる。

純はどんな顔をしたものか迷った。

救《たす》けてもらったとはいえ、この男が超常の力を持っていることも確かだ。何より、純の夢に出てきたことを、彼自身知っているのではないか？　と思えたからだ。

「あ、あの……」

「全部忘れることだ。そうでなくとも、記憶は消すんだが」

美形は純をベッドに固定していたベルトを外す。

「あ、ありがとうございます。あの……」

純は口ごもる。

「島野《しまの》偃月《えんげつ》。それが私の名だ。すぐに忘れるが」

そして、偃月はそれに返答する間を与《あた》えず、純に杖をかざした。

「えん……げつ……？」

純はそうつぶやいて意識を失った。

純は自室で目覚めて、ぼんやりと周囲を見回した。

——どうしたんだっけ……昨晩は変な夢を見て……。

思い返そうとする。脳内に不思議なビジョンが浮かぶ。五芒星《ごぼうせい》の中央に目が描かれた怪《あや》しい紋章《もんしょう》。そして、ハッとする。あれは夢ではない。

「え、え、えええっー！」

朝の寝室《しんしつ》で独りで座《すわ》っているにもかかわらず声をあげてしまう。

奈緒の企《たくら》みに、謎《なぞ》の生物。そして、実はすべてを解決しようとしていた謎の男。

純は即座に奈緒に電話をしてみる。

呼び出し音は鳴るが、出ない。

身支度《みじたく》をして、朝食を取らず車を村越五等の邸宅《ていたく》に走らせた。

ガレージの側《そば》に車を回すと、庭に五等がぼんやりと立《た》ち尽《つ》くしているのが見えた。

五等はただ突っ立っていたわけではない。誰かと会話しているのか、自動人形のようにカクカクとうなずいている。

純は車を路上に駐《と》め、すぐに庭に飛び込んだ。

すると、偃月がいた。

五等の前に立ち、彼に話しかけていたのが、純の姿を認めると、驚きに片方の目を見開いた。

「どうしてここに来られた」

声は冷静だが、やはりその響きに驚きの感情が混じっている。

「記憶を消されたことまで思い出したから……」

純は答えた。

偃月は驚きの表情を強くしたが、やがてそれを諦《あきら》めのそれに変えていく。

「どういう事情かは知らないが、君は特別らしいな」

「特別?」

「わからないなら説明するまでもない。君はそのまま生きていけ。運が良ければ常人では体験できぬ経験を多数できるだろう。運が悪ければ常人よりも早く死ぬ。それだけだ」

ギョッとするようなことを言われたが、純にはなぜかその言葉が納得《なっとく》できた。

「偃月さん、五等さんは……」

純は聞いた。

「壊れた」

「え?」

「残念だが、長期間にわたって異界の影響を受けすぎた。精神はもう戻らない」

「そんな……」

「芸術の代償《だいしょう》というやつだ。画を見たならすぐに気づかないとな。素晴らしい画にこそ人間の想像力を超《こ》えた何かが宿っている。狂気《きょうき》らしい狂気など偽装《ぎそう》に過ぎない」

「でも、五等さんは私の画を描《か》いて……」

「ビジョンが卑近《ひきん》なものになるのは力の衰《おとろ》えだ」

「卑近……」

言っている意味はわかるが言葉の選び方というものがあるだろうと純は閉口する。

「写実画は手癖《てくせ》で描けるレベルだったのだろう。それでまた脳内の多面体からのビジョンを受け取ろうと邪神《じゃしん》を描き続けた。すでに力が衰えているので、思いつく限りの異界がそれだったというわけだ。若き日の彼は芸術家としては才能がないと思っていたのだろう、多面体を埋め込むことは、奈緒が思いついたのか、当人が思いついたのか」

優月は謎を解きほぐしていく。

「そ、それじゃあ奈緒さんは？　伊久里先生は？」

優月は首を横に振った。

「奈緒は逃がした。ここには戻らないだろう。医師は残念だった。あれは冥王星《めいおうせい》の幽体生物だ。幽体ゆえに人間の脳を保管し、持ち帰って楽しむ。彼らは脳を飼育するんだ。娘が多面体を受け取る取引に使ったのだろう」

おぞましい真実。

純の背中に寒気が走る。

だが、しかし。

あくまで、不道徳なことと知りつつではあるが……。

寒気の中に異界を知った快感がある。

オカルトとは「隠《かく》されたもの」の意味である。

そのオカルト好きの脳髄《のうずい》が喜びの信号を放っている。

純は特別だと偃月は言った。異界の真実に喜びを感じるのはまさに運命だったのかもしれない。

そんな純の様子に気づいたのか、偃月が冷たく言い放つ。

「わかったら画家を病院にもう一度連れて行け。医師は死んだが、彼の入院はまだ有効だ」

そう言って偃月は歩きはじめた。

「あ、あの……！」

純は偃月を呼び止める。

「何か？」

「救けてくれてありがとうございます！　それと、どこに開業している心理士なのか、お聞きしていいですか？」

偃月は、その美しい眉《まゆ》を怪訝《けげん》そうにひそめた。

が、隠したとしても、純ならば身辺を探《さぐ》りはじめるだろうし、そうなれば純が鎌倉の危険地域を歩き回ることになると判断したのだろう。

「ヤミ心理士だ。異界専門。免許《めんきょ》はない。大仏通りの古道具屋に店を構えている」

偃月は言った。

ときめきにも似た感覚を純は覚えた。

これから、高揚《こうよう》と恐怖《きょうふ》が同時に感じられる何かが起こる気がする。

しかし、偃月は露骨《ろこつ》に顔をしかめた。

「どうしたんです？」

「怪異《かいい》を好いているようだが……考えているほど良いものではないぞ。怪異は真正のものだが、人間は嘘《うそ》をつくし、怪異を汚《よご》す。そういうものだ」

その偃月の言葉はしばらくして証明される。

鎌倉周辺に「絶対に有名画家になれる」と学生をスカウトする女性が出没《しゅつぼつ》するようになったとの噂《うわさ》が流れていた。

だが、それもまた些細《ささい》で愚《おろ》かしい人間の営みだと偃月は言った。

『波間に消える』

純《じゅん》はここ数日、どのような口実で偃月《えんげつ》に会いに行くかを悩《なや》んでいた。
――乙女《おとめ》じゃないんだからさぁ……。
などと自分でツッコミを入れているが、感情に折り合いがついたわけではない。
恋《こい》というのではないだろうし、感謝の気持ちを持っているというのも違《ちが》う。
――友好的な宇宙人が現れたら真っ先に会いに行きたい……そんな感じね。
それも素直な感情とは言い難《がた》いが、いちばん近い。
夢に現れたのがどういうことか聞きたくもあるし、オカルト的な興味がなにより強い。
日々、その思いは強くなるばかりだ。
とはいえ、日常の業務はこなさなければならない。
メイン業務である企業《きぎょう》での社員カウンセリングに勤《いそ》しみ、月日は過ぎていく。
が、やはり運命というのは奇《き》怪《かい》な事件から純を逃《のが》さないものらしい。

その依頼は突然《とつぜん》にやってきた。

「息子《むすこ》のことなんです、悩みというのは……」

ある企業のパート従業員をやっている中年女性がこう切り出してきたのだ。

「どうされました?」

「実は、息子がある宗教団体……とは違うんでしょうけど、そういうものにハマってしまったみたいで……」

中年女性の悩みはよくあるものだ。脱会《だっかい》については専門家を紹介《しょうかい》することもできる。

ただ、今回のケースは少し違っていた。

「息子がこんなものを見せてきたんです」

中年女性がスマートフォンを出してきた。

そこにはホームページが表示されている。

見た瞬間《しゅんかん》、純は思わず噴《ふ》き出してしまっていた。

暑苦しい中年男性が筋肉を誇示《こじ》するポージングをしている漫画《まんが》が描かれている。

そして、そのタイトルとは……。

『脱人間《だつにんげん》サロン! 週一回のセミナーで魔術を学びビジネスで成功!』

脱人間サロン!

「す、すいません、笑ってしまって……」

純は詫《わ》びるが、中年女性ももちろん笑っている。

「そ、そうですよね、笑いますよね」

「いえ、でも、これに息子さんがハマっているって」

「そうなんです。オンラインセミナーとしてはじまったらしいんですけど、最近では会費を取って直接セミナーをしているらしくて」

「ちょっとページを見ますね」

純はホームページの扉から概要《がいよう》と代表者プロフィールをクリック。

わかったのは次のようなことだった。


代表者は池谷《いけたに》ハヨピラ。もちろんハンドルネームというやつだろう。通称《つうしょう》をイケハヨ。ハヨピラというのは北海道にあるとある団体が過去に作った、UFOを召喚《しょうかん》するための大規模な公園の名である。池谷がこの名をつけたのはオカルトに造詣《ぞうけい》があってのことだろう。なんでもイケハヨは超常の力を一般《いっぱん》の人にも使える技術として確立したとのことで、その証拠《しょうこ》に仮想通貨取引やM&Aで莫大《ばくだい》な利益をあげているらしい。そしてセミナーでは、その技術を惜《お》しげもなく伝授しているとのことだ。そのセミナーの値段、29万8千円。

「高いですね、セミナー」

純は驚きの声をあげた。

「ええ。息子が倉庫のアルバイトをやめてこれに参加するから金を貸してくれって……」

話としては笑えないが、その瞬間、純はたまたまイケハヨの顔写真をクリックしてしまい噴き出す。

つぶれた帽子《ぼうし》に大きな黒縁《くろぶち》メガネ。どこかきょとんとしたように見える表情は戯画化《ぎが か》したカエルめいていて笑いを誘《さそ》う。おまけに痩《や》せぎすで、首がひょろ長く曲がっているくせに顎《あご》と一体化していて、顔というよりはひょうたんの上半分に似ている。笑わせようとして写真を選んでいるとしか思えない。

「ひ、ひ、ひぃ……す、すいません、また笑ってしまって……」

「いいえ。やっぱりおかしいですよね？　これ」

「それはもちろん。でも、少し見た目がおかしい人のほうがこういう話には信憑性《しんぴょうせい》が出やすいというのもありますから」

純は言った。

実際、詐欺師《さぎし》でも名の通った者の外見は一様にうさんくさい。突飛《とっぴ》な話のほうが騙《だま》されやすいものらしい。

「この脱人間サロン、なんでも江《え》ノ島《しま》近くにイケハヨランドなんてものを作って、そこに人を呼んでお金を稼《かせ》ごうとしているらしいんです……」

「イケハヨランド？」

素《す》っ頓狂《とんきょう》な声を純はあげた。

自らの施設《しせつ》にそんな名前をつけるというセンスに驚《おどろ》いたということもある。

「いいえ、そんな大それたものじゃなくて、廃《はい》ビルを買い取っただけのようです。鎌倉《かまくら》だから、格安というか、売買契約《けいやく》なんて本当にあるのかわからないですけど」

相談者の中年女性はさすがによく調べていた。

「そんな人を息子さんが信じてしまったというのはおつらいですね」

「ええ……。でも、少し思い当たるところはあって、有名な出版社から池谷さんは本を出しているんです。その出版社の編集者さんもサロンをやっていて、そちらは成功しているみたいで」

スマートフォンに表示されたページを見ると、幻海社の美濃部《みのべ》幸吉《こうきち》とある。

「秒速で億を稼ぐ」と豪語《ごうご》するうさんくさい有名実業家というか、情報商材詐欺《さぎ》の有名人を、半ばプロデュースするようなかたちで世に出した編集者ということがわかった。

他《ほか》の担当書籍《しょせき》もほとんどが実業家というか詐欺師だ。他の業種の者も担当しているが、それもアーティスト……という名の詐欺師だ。

詐欺師とはいえ、純でも名前を知っている有名人ばかり。実績のない人物に箔《はく》をつけていくことには確実に成功しているといっていい。

「有名人ばっかりですね。これは信じちゃうかも」

「そうなんです。だから、このセミナーに一度行ってしまったら戻《もど》ってこないんじゃないかって、心配で……」

中年女性は深刻なため息をついた。

「セミナーに参加させないと約束はできませんけれど、息子さんとお話ししましょう」

純は言った。

「いいんですか？」

「料金はいただきますけれど、数回会って状況《じょうきょう》がわかれば、就職口を案内できる機関をご紹介します。それでどうでしょう？」

「ああ、助かります……！」

そういうことになり、数日後、その青年はやってきた。

名を磯尾《いそお》真吾《しんご》。

「あ、どうも……」

頭をひょこりと下げたというより、首をすくめて挨拶したのは、背が高くひょろりとした黒縁メガネの青年だった。

身体は細いのに首が太く、顎が長くて尖《とが》っているので、妙《みょう》にアンバランス。横に広い口は常に笑ったように口角があがっているが、鼻が大きいうえ、丸くて黒い瞳《ひとみ》が気弱そうに動いているので、人好きのする印象はない。やや長めの七三分けの髪型《かみがた》にセットしているのも、気弱なのに傲慢《ごうまん》、というよくない性質の持ち主のように見せている。

「お母さんからのお話で、お仕事のことで悩んでいるんじゃないかって。倉庫のアルバイトをなさっているとか」

イケハヨのことは言わず、仕事の悩みを聞き出すことにする。

「そうなんす。もう、きつくて、やめたくって」

真吾は軽い調子で話しはじめた。

「私、企業専門のカウンセラーをやっているから、まずはアルバイトから入れるお仕事を紹介できますよ」

「いいっすねー。でも、それって会社に勤めるってことじゃないっすか」

「最初はアルバイトだし、アルバイトで続けてもいいんですよ」

「いえ、でもね、いずれ正社員を目指すことになるじゃないっすか」

「そうなりますね。昇給《しょうきゅう》を目指すなら……」

言いかけた純の言葉を遮《さえぎ》るように真吾が口を開く。

「いえ、そういうことじゃなくって、それって誰かの言いなりになるってことじゃないっすか。いえ、社長とかそういう人のいうことを聞きたくないってわけじゃなくって、世間のサラリーマンだけがまともな人間だって風潮に従うっていうか」

真吾は早口になった。

純を否定したり馬鹿《ばか》にしているというわけでなく、真剣《しんけん》に真吾はそう信じているらしい。目に熱気が宿っている。

「それじゃあ、磯尾さんは実業家になりたいんですか？」

「はい。起業します！」

真吾は断言した。当人は熱意と迫力《はくりょく》を出したかったようだが、声を出し慣れていないのか遠慮《えんりょ》したのか、運動会の号砲《ごうほう》程度。いや、だとしても湿気《しけ》った火薬にすぎなかった。

それからは真吾が勝手に話してくれた。

池谷ハヨピラという名前はふざけているがすごい実業家がいること。オンラインで講義を受けていたが、彼が実地のセミナーを開くこと。彼の手法により、ブログからデイトレード、そこから人脈を生かして起業、それを育ててM&A、要は事業譲渡《じょうと》で大きく稼ぎ、後はそれを繰《く》り返《かえ》すことで金持ちになる……予定だ。

「そのセミナーって高いんですか？」

一通り話した後、純は決定的な質問を切り出した。

真吾は言葉に詰《つ》まる。

「……った、高いっす。三十万くらい。って、でも、高いっていうか、後のことを考えたら安いっていうか……だって、後で何千万にもなる人脈も手に入るし、そのノウハウを伝えるんだから、そのくらい当然で……」

弁解めいたことを真吾は言う。

「うーん、でも、チャンスは今だけってことはないんじゃないでしょうか？」

純は畳《たた》み掛《か》ける。

「そ……それは、セミナーは今だけっす」

「磯尾さんが池谷さんを知ったときには、池谷さんはもう活躍《かつやく》していたでしょう？　本当に熱意があるなら、池谷さんの情報発信を待たずに、池谷さんに直接会いに行くって学び方ができたはず。池谷さん以外にもM&Aの人はいるわけですから、そちらからも学べます」

「で、でも、池谷さんは……」

「池谷さんが特別なのは、向こうから情報を発信してくれるから。待っているだけなのは熱意がない証拠って池谷さんなら言うでしょう？　加えて、今までオンラインで勉強していたのだから、その知識で三十万稼がないと、セミナーに参加する資格はないんじゃないですか？　その金額は入学試験みたいなもの。それを稼げないなら、磯尾さんの準備が整ってないってことです」

「は……はい……」

真吾はうなだれた。

やり込めるのはカウンセラーの本意ではないが、まずはセミナーに参加しないようにするのが先決だ。

そして、今回はうまく行ったようで、真吾はその後、純が紹介できるアルバイトについて質問してきた。

仕事の話をしてから、純は次回のカウンセリングの約束をする。少なくともそうしておけば、セミナーに行ってしまう確率は下がる。

まずは一安心といったところだ。

しかし、数日後、磯尾の母親から電話連絡《れんらく》がある。

「息子が、息子が勝手に出ていってしまって……日にちからいってセミナーだと思うんですが……！」

「え？　三十万、貸してしまったんですか？」

「いいえ、ホームページを見てください。イケハヨがセミナー代金を二万円にしてしまったんです！」

「ええ！　そんな！」

純は衝撃《しょうげき》を受けた。

「昨日のことです。アルバイトに行くと言って出ていったら帰ってこないし、連絡もつかないんです。でも息子が見ていたパソコンの履歴《りれき》を調べたら、セミナーの値下げを知って行く準備をしていたのは明らかで……」

磯尾の母は言った。

純としては責任を感じるが、そう感じる必要はないと磯尾の母は言ってくれた。経緯《けいい》から見ても、理屈《りくつ》の上でも純の責任ではない。一回しか面会していないのだ。だが、純としては当然、自分のせいでもあると考えてしまう。

「まずは警察に連絡をお願いします。私も連れ戻せるように頑張《がんば》ってみます」

純はそう言って電話を終えた。

そうは言ったものの、警察はこの件ではいい加減にしか返事をしないだろう。成人している磯尾真吾のセミナーへの参加は自由だし、イケハヨも中身のないものを売っているが、そこに中身を感じてしまう人がいれば詐欺罪《さぎざい》にはならない。

宗教団体からの連れ戻しと逆洗脳をやっている専門家も知ってはいるが、今回のケースでは使いたくない。なにより、江ノ島周辺とあっては引き受ける者もいないだろう。


ここで江ノ島周辺の状況について語る必要があるだろう。

江ノ島に邪神が上陸して以来、江ノ島は全島封鎖《ふうさ》、住民は退避《たいひ》となっている。住民が戻れる日はいつかわかっていない。

一方、江ノ島大橋の反対側、片瀬江ノ島《かたせえのしま》や腰越《こしごえ》の避難《ひなん》は指示されていない。邪神が江ノ島の岸壁《がんぺき》に埋《う》め込まれるようにして動かず、その姿を現さない以上、表向きは安全ということになっている。精神汚染《おせん》を肯定《こうてい》する科学的証拠はなく、すべてが住民の自主的な行動に任されているというわけだ。

そのため、精神汚染が進むとされる10キロ圏内《けんない》でも、その中心と周辺とで混沌《こんとん》具合は違う。全域で一応の行政サービスは稼動しているることになっているが、江ノ電《えのでん》江ノ島駅より北でも消防車、救急車は来るが警察は来ない。全域で電気水道ガスは通っているしゴミ収集車も来るが、その保守と頻度《ひんど》については担当者の気まぐれによる。

イケハヨがイケハヨランドを宣言した片瀬江ノ島駅近くは、完全に放棄《ほうき》された地区だ。浮浪者《ふろう》も資源をあさり尽くして大方がこの地を去り、ごくわずかな住民が残るのみ。その住民とて正気とは思えない。

純はイケハヨランドの位置を改めて確認《かくにん》した。

江ノ島大橋のたもと、江ノ島を望む雑居ビルがそれだ。九階建てで、周辺建物のなかでは高い方でかなり目立つ。食堂、バー、サーファーやヨットマンの協会施設などが入っていたが、今は放棄されて廃墟《はいきょ》のはずだ。

イケハヨは正式に買い取ったと言っているが、嘘だろう。いかに廃墟といえど、権利関係は生きているはずで、非合法集団に近い不動産業者等の協力がなければイケハヨランドなどと名乗ることなどできないはずだ。

「頑張ってみるとは言ったけれど、無理というか……行くのも危ないな」

純は独りごちた。

怪異ならまだましで、無法地帯で活動している人間ほど怖《こわ》いものはない。

と、脳裏に当然のように一人の男の顔が浮《う》かぶ。

島野《しまの》偃月。

会いに行く口実ができたようなものだ。

「行ってみるか」

純は自らに気合を入れるために声を出し、車に乗り込んだ。

○

鎌倉大仏通りの古道具屋とだけ聞いていたが、車をゆっくり走らせると、その店はすぐにわかった。店名が島野だったのである。

二階建ての民家の一階だけが店舗《てんぽ》になっている構造で、地方都市の営業形態としては当たり前のもの。鎌倉の多くの店と同様、開店しているのかしていないのか外から見ただけではわからない。店の名が入った防水布製の軒《のき》は日に焼けていて、チラシやシールの貼《は》られたガラス戸は閉まっている。

道に車を駐《と》めて、ガラス戸の奥《おく》を覗《のぞ》く。

金属製のハンドルが付いた万力にも似た道具が見えた。製麺《せいめん》機だ。打ったうどんなどを伸《の》ばして切る手動機械。妙なものを置いているものだ。

「ごめんください」

ガラス戸は鍵《かぎ》がかかっておらず、中に入れた。

民家の一階すべてが店舗になっているのか、思いの外広い。十畳《じょう》ほどのスペースにレジカウンターと古道具の棚《たな》が並んでいる。その隣《となり》に六畳ほどのバーカウンターがあり、スツールがみっつ添《そ》えてあった。カフェバーもやっているらしい。

繁盛《はんじょう》しそうにはないが小洒落《こじゃれ》ている店内で、異様なのはやはり棚に並んだ古道具だった。何に使うのかわからないものが揃《そろ》っている。外から見えた製麺機などはいい方で、経文《きょうもん》が書かれた回転するだけの筒《つつ》や、アフリカあたりで作られた木彫《きぼ》りの怪物の像、さらには【呪《のろ》い面・触《さわ》るな】と書かれたガラスモザイク製の仮面まで並んでいる。

「君か」

棚に見とれていると、レジカウンターの裏から偃月が音もなく姿を現した。

「あっ、こんにちは」

純が挨拶《あいさつ》するが、偃月は無言でレジの椅子《いす》に座った。

「あの、お礼が言いたくて」

「礼はもう聞いた」

偃月はそれだけ言った。

無言。

「……あ、あの、お店、営業されているんですか？」

「客は来ないが、やっているといえばやっている」

「そ、それじゃあ、コーヒーって、飲めます？」

純はバーカウンターの方を示した。

「自分で飲む分はいれているから、豆も新しい。コーヒーは大丈夫《だいじょうぶ》だ。それ以外は何年前のものだかわからんから、保証できない」

そう言いながら、偃月は杖《つえ》をついて立ち上がった。

純はこの時、偃月の左足が義足であることに気づいた。

「すいません、お手間かけさせてしまって……」

「自分の分もいれるさ」

偃月は言って、小型の冷蔵庫からドリップ用のネルと水のボトルを取り出し、サーバーと電気ケトルを用意した。電気はとりあえずは来ているらしい。

「そこに並んでいる道具類は触らない方がいい」

湯が沸《わ》くのを待つ間、偃月は言った。

「呪いの品って……売っているんですか？」

〝本当ですか？〟と聞きそうになったが、失礼かと思って言葉を変えた。

「買うべき人間が買いに来ることもある」

偃月の答えに返す言葉が見つからず、純は黙《だま》り込んだ。

沈黙《ちんもく》が居《い》心地《ごこち》悪いのは純だけだったらしく、偃月は静かにコーヒーをいれている。

美形であるだけに、いやらしいほど仕草が決まっている。身体が傾《かたむ》いているのが奇妙《きみよう》なアクセントになっていて、目を離《はな》すことができない。

「そ、そうだ。相談があるんです」

純は切り出した。

「相談？」

偃月はコーヒーを出してきた。

純はスツールに座ってコーヒーを飲む。

それほどの味ではない。標準よりは上だろう、という程度。

偃月もコーヒーの感想を待っている風ではなかった。

「相談というのはですね……」

一方的に話すだけになってしまうのはわかっていたが、純はイケハヨのセミナーと磯尾真吾の件を一気に説明する。

偃月は怪訝《けげん》そうな顔になる。

「そんな馬鹿な話があるものか」

超常《ちょうじょう》現象に馴染《なじ》んでいるであろう男が信じないというのも妙な話だが、偃月はにべもなく断言した。

「い、いえ、これを見てください」

純は『脱人間サロン』ホームページをスマートフォンで見せる。

偃月は美しい眉をひそめ、汚物《おぶつ》を見るような顔になった。

「この上なく愚かな人間が、馬鹿馬鹿《ばかばか》しい手段で馬鹿を騙したとして、いったい私になんの関係がある」

辛辣《しんらつ》な言葉だが、それはそうだ、と純も思う。

「それは確かに関係ないんですけど、このイケハヨランドって江ノ島に近いじゃないですか。そんな場所の土地を占拠《せんきょ》できるって少しおかしくないですか？　かなり危険な地域ですし」

そう聞くと、偃月はやや心を落ち着けたのか、コーヒーを口にして「ふむ」となる。

「私はあまり興味はないが、人間の暴力的な側面が影響《えいきょう》している。平たく言えば、ヤクザめいた者が協力しているということだろう」

「それはわかっているんですけど、なにか邪神を崇《あが》める教団が関係しているなんてことはないですか？」

純は素直《すなお》な疑問を口にする。

暴力団的な者の関与《かんよ》のみなら偃月に相談する意味はない。

「君はこれを助けに行きたいと思っているのか？」

軽蔑《けいべつ》したように偃月は言った。

そう言われると、純も困惑《こんわく》するところはある。

「ただ、クライアントがいくら馬鹿だったとしても、いたずらに危険なところに行くというのを見ているだけというのも私としては……」

「私にしてみれば、馬鹿な集団には関《かか》わりたくない」

「そうですか……」

純は落ち込んだ声を出した。

どういう結果を期待していたのか自分でもわからなかったし、偃月に会いたいという気持ちだけでの行動であるといえたが、それでもこの拒否《きょひ》は心に響《ひび》く。

その様子を見た偃月は困ったように目線を上にあげ、杖でコツコツと床《ゆか》を叩《たた》いた。

そして、口を開く。

「馬鹿な人間のくだらない行為《こうい》の尻拭《しりぬぐ》いが得意な男がもうすぐ店に来る。刑事《けいじ》だ。彼《かれ》に相談してみるといい」

　純の顔がぱっと明るくなる。

「ありがとうございます！　あ、そうだ、忘れてた！　これ、お礼のお菓子《かし》です」

　バッグから買っておいた菓子折《かしお》りを取り出す。

「現金なものだ。コーヒーをいれた時に出せ」

　偃月は目を細めた。

「それならもう一杯《いっぱい》いれるが、今度は有料だ」

　二杯目のコーヒーが入ったとき、外で車の停《と》まる音が聞こえた。

「おい、偃月、なにかネタはあるか……って、珍《めずら》しいな、お客さんか」

　知り合いらしいことを言いながら入ってきたのは、背の高い男だった。

　偃月ほどではないが、整った顔をしている。髪《かみ》を短めに整えており、スポーツマンの雰《ふん》囲気《いき》がある。身体つきもガッチリしており、肩幅《かたはば》が広い。スーツの上をつけておらず、シャツにネクタイのみ。上着にレザーコートを羽織っている。

　服装としてはラフだが、それが高級品であることはすぐに見て取れた。シルクのネクタイと、筋肉で盛り上がっている細身のスラックスはブランド品だろう。シャツのフィット

感と彼のサイズから考えればすべてオーダーのはずだ。指輪と時計も目が飛び出る値段で
あることは宝石の輝《かがや》きからわかる。

刑事というには派手すぎる。

「お前の領域のことで依頼《いらい》だそうだ」

偃月が言った。

「俺《おれ》の領域って、俺のことをどの程度話したんだ?」

面白《おもしろ》そうに男が言った。

「刑事という以外はまだ何も」

偃月が答える。

「じゃあ、名前も? よろしく、大和涼牙《やまとりょうが》です」

涼牙と名乗った伊達男《だておとこ》は握手《あくしゅ》の手を純に差し伸べた。

純は立ち上がって握手する。

涼牙の手の大きさを感じる。

「こう見えて真面目《まじめ》な刑事です。担当はこの地域」

「不良刑事だろう。勝手にこのあたりをふらついている」

涼牙の挨拶に偃月が茶々を入れる。

偃月の意外な一面に純は驚く。

「刑事さんですか。助かります」

純は言った。

「お困りならお手伝いしますよ」

気さくに涼牙は答える。

純はざっと事件を説明した。

涼牙もセミナーの説明を聞いて笑ったが、その後の反応は偃月とは違って現実的だった。

「向こうが数を揃えたら、抵抗《ていこう》できないよ。人の目がない地区だし、警察も若者一人に人数を割《さ》きたくない。セミナーが終わって戻ってくるのを待つしかないですね。申し訳ないけれど」

涼牙が真剣な目で言った。

「いつもは喧嘩《けんか》に目がないお前が珍しいな」

偃月が茶化《ちゃか》したが、涼牙は口を尖《とが》らせる。

「少なくとも五分じゃなきゃ喧嘩にならねぇ。あの場所を占拠してイケハヨランドだかなんだか知らないが、ともかく自分の領土を名乗るなんざ、馬鹿っぽく見えても実は相当な兵隊を揃えているってことだ」

と、そこで突然に純の電話が鳴った。

磯尾の母からのものだ。

「もしもし？」

「あ、先生。わたし、いま、鎌倉に来ているんです。そこで会った人に聞いてみたら、あの場所のことを知っていて、その人の協力で中に入れるかもしれません」

磯尾の母は興奮した声で言った。

スマートフォンから漏《も》れる声は、横に立っていた涼牙にも聞こえていて、会話が終わらぬうち、涼牙が小声で純に指示を出す。

「どこにいるか聞いて。そして、そこを動かないように。電話を切らないで。電話をかけたまま車に乗る。十分以内に到着《とうちゃく》できる」

涼牙はさすがに鎌倉の危険度については熟知しているようだ。そこに素人《しろうと》が入り込んだときの対処も心得ているというわけだ。

「磯尾さん、いま、どこにいますか？」

「湘南《しょうなん》海岸公園、平和の像の近くです」

「そこを動かないで。十分以内に行きます」

そして、電話をつないだまま涼牙と外に出る。

店の前に真っ赤なフェラーリが駐まっていた。涼牙はそれに乗り込み、純に自分の車でついてくるように言う。

「私の車、軽なんですけど」

「がんばってくれ」

涼牙は言った。

純はため息まじりに自分の軽のドアを開け、ふと、振《ふ》り返った。

驚いたことに偃月がそこに立っていた。

「え？」

「驚くことはないだろう。私も行く。だが、あいつの運転では生きた心地《ここち》がしない」

偃月は勝手に助手席に乗り込んできた。

純が意外に思っていると、偃月は正面を指差し、純に出せと促《うなが》した。

フェラーリが轟音《ごうおん》を立てて一気に加速したところだった。

○

純が湘南海岸公園に到着できたのは場所を知っていたからで、涼牙のフェラーリについていけたからではなかった。おまけに電話をしながらである。つないだままの電話によって先行した涼牙が磯尾の母に接触《せっしょく》できたことがわかってから、五分ほど遅れての到着《わく》になった。

湘南海岸公園は階段が整備された砂浜《すなはま》で、すぐ近くに江ノ島が見える。以前なら賑《にぎ》わっていた砂浜も、今は人気《ひとけ》がない。

平和の像なる銅像の近くに磯尾の母と涼牙がいた。そして、もう一人。

車を降り、偃月とともに歩いていく。

遠目にもわかっていたが、磯尾の母が言っていた情報提供者というのは明らかに近辺の浮浪者だった。乱れ放題の長い髪とヒゲ。黒ずんで身体と一体化したかのようなシャツの上に潰《つぶ》れたダウンジャケットを着ている。体臭《たいしゅう》とは別に酒の臭《にお》いもした。

「お金を渡《わた》したら、話してくれたんです！」

磯尾の母は興奮気味に言い、もう一度話してくれ、と浮浪者に促した。

「ああ……もうちょっと、金、くれねぇか？」

浮浪者は澱《よど》んだ目で言った。

「だめ！　さっきと同じ話でいいから！」

磯尾の母はピシャリと言う。

「でも、別の人が聞いているし……」

浮浪者が純らを指さした。

「俺は刑事だ。金をせびって施設に入るか？」

横から涼牙が口を出してくれた。

頭のイカれた浮浪者の話など一切《いっさい》信用できそうにないが、磯尾の母に強く言うのも何か違《ちが》う。純は流れに任せて不承不承口を開いた浮浪者の話を聞く。

「実際、話すのは嫌《いや》なんだよ。頭がおかしいとしか思われないからさ。でも、このおばさんは信じてくれたんだ。いや、実際、おばさんの方が詳《くわ》しいんじゃないかってことも思うんだよ。だって、俺が見てずっと気にしていたことを質問してきたんだからね。

このあたりが静かになっちまってからもう五年くらい経《た》つけど、最近はもう暴走族も来なくて、俺たちみたいなのにとっては過ごしやすい感じになっていた。噂《うわさ》よりは危なくない場所だったんだ。

でも、今年は具合が違った。俺は、夜は魚をとることもあるんだ。食べるものもないからね。砂浜で火をつけて、拾った釣《つ》り道具《どうぐ》でさ。何年も人が来ない砂浜だから、魚はよくとれるようになってたんだが、今年はおかしかった。魚がめちゃくちゃとれるんだ。キスとかだけじゃなく、ヒラメまでさ。食べるとうまいんだけど、どうもおかしいくらいとれるんだ、実際。

そんなとき、見ちまった。茅ヶ崎《ちがさき》の方まで行った時だ。烏帽子岩《えぼしいわ》ってあるだろ？　あの岩だけの島だよ。夜にさ、烏帽子岩の上に誰《だれ》かいるんだ。一人や二人じゃなく……十人くらいか？　実際、それだけじゃ何でも無いんだけど、いや、人間がいるだけでもおかしいけど、それが人間じゃないみたいなんだ。

でかいカエルと人間の中間みたいな影《かげ》だった。波が高くない日だったけど、岸から見えたってことは、人間より大きいってことだ。だから、ぞっとしちまってさ。

テレビでやってただろ？　第一次大戦の後、太平洋で邪神《じゃしん》が出たとき、リンフランシスコでそういうのが出たってさ。冒涜《ぼうとく》的で忌々《いまいま》しくて人間よりも劣《おと》った存在って言ってたけど、日本人にはピンとこないわな。実際、あいつらは組織立っていて、頭は良いように思えた。順番に海に飛び込んで泳いだりして、遊んでいたのかもしれねぇ。

そいつらが気になったから、少し追っかけてみたんだ。いや、岸からだよ。昼間にはあいつらは見当たらねぇ。夜にしても集団で動いてるらしくて、烏帽子岩に固まっているときもあれば、江ノ島の岸壁にいることもある。俺も江ノ島への橋はわたらねぇから、こっちから見える範囲《はんい》だけだけどな。

そして、あるとき気づいちまった。あれだよ、あんたらがイケハヨランドなんてトンチキな名前で呼んでいる建物だよ。江ノ島の手前じゃマンションを除けば一番高い建物だわな。あそこにあいつらが集まってるってことに。

いつもいるわけじゃない。普段《ふだん》ならあいつらは昼間、海の底にいるんだろうさ。だけど、陸に上ってきて、昼の間はあのビルにいるんだ。それで、俺も調べてみたんだが、あそこには近寄っちゃいけねぇ。あいつらの知恵《ちえ》はやっぱり人間と同じくらいあるんだ。警戒《けいかい》してやがった。そして、俺の顔を覚えてやがった。

俺はあいつらに追いかけられて……死ぬかと思ったよ。ひょこひょこ跳《は》ねて、けっこう速い……そして、やっぱりでかかったんだよ。怖かったけど、なんとか逃《に》げられて……。

……なぁ、金くれよ。そうじゃなきゃもう話さねぇ」

浮浪者は不意に話を打ち切って手を出してきたが、その様子はおどおどして不自然だった。しきりに海の方をうかがっている。

純は海の方を見た。

「え?」

見間違《みまちが》いでなければ……生物らしき黒いものが波間にちらりと見えた。それはすぐさま反転して海に沈《しず》んでいった。

海鳥が潜《もぐ》る時そういう動きをするのを見たことがある。あるいは大きな魚が水面で反転することもあるのを知っていた。

「……いえ、話はこれでけっこうです」

純は言い、磯尾の母と偃月に確認するようにうなずいてみせた。

偃月は「まいったな」と低くうなった。

「どういうことです？」

純が聞く。

「深きものどもというやつだ」

偃月は言い、簡単な説明を付け足した。

深きものども。

古くはマサチューセッツ州で確認され、浮浪者の言う通りの特徴《とくちょう》を持っている半魚人のことである。人間並みの知能を持ち、海の邪神ダゴン信仰《しんこう》を行っている邪悪《じゃあく》な存在である。

困ったことに、彼らの中には人間体から半魚人体へと変身できる者がいるのだという。

「人間がダゴン信仰によって変異したと考えられもするが、厄介《やっかい》なのは彼らが人間に変身できることだ。さらに人間とも交配可能。その子供はやがて深きものどもへと変身していく。人間に紛《まぎ》れて生活しているが、その身体に共通しているのは、丸い目で顎《あご》が薄《うす》く、肩《かた》から頭へとカーブを描《えが》いているような曲がった首だ」

優月は言った。

「全体にカエルめいたその顔を、通称《つうしょう》インスマウス面という」

「イケハヨの顔……！」

純は脳内で回答を見出《みいだ》してしまい、悲鳴のような声をあげた。

○

ここで時間を遡《さかのぼ》る必要がある。

磯尾真吾がイケハヨのセミナーに合流した際のことを語らねばならないからである。

真吾が自宅を出たのが、純が浮浪者と会っている時間から数えて、二日前になる。翌日、母が純であると偽《いつわ》ってセミナーの待ち合わせ場所にやってきたのが夕方のことだ。翌日、母が純に報告し、純が動いたのがさらにその翌日なのである。

大船《おおふな》の集合地に集まったのは、真吾を含《ふく》めて五人だった。

互《たが》いに話しかけることはなかったが、さえない奴《やつ》らだ、と真吾は思った。

心の中で四人にあだ名をつけていく。

背が低くて露骨《ろこつ》におどおどしている中性的な男にチビ。中性的とはいえ、性的な魅力《みりょく》のあるタイプではない。男のオバサン顔というのがぴったりくる。

体格が良いスポーツ刈《が》りの男にカクガリ。体育会系のように見えてそうでないことは自信にあふれていそうな顔をしている割に目が泳いでいることからわかる。あまり外には出ないタイプのようだ。

薄くなった髪を金髪《きんぱつ》に染めた目付きの悪い男にイキリ。顔の作りは悪くないが、露骨に他人を見下している狷介《けんかい》な目つきが人を寄せ付けない。が、大声を出せばすぐにビビりそうな気弱さは隠《かく》せずにいた。

くせっ毛で目が細くて肌荒《はだあ》れがひどく、人が好さそうな男にボケ。常時笑ったような目をして頼《たの》まれごとを断らないような顔をしているが、それは頭が弱いだけというのが理由であることは一目で分かる。

やがて待ち合わせ場所にマイクロバスがやってきて、車からイケハヨが降りてきた。

「え、どうも皆《みな》さん、こんにちは」

どこか曲がった首で、ひょこりとイケハヨが頭を下げた。

「おはようございます！」

カクガリが場に不釣合《ふつりあ》いな大声を出して挨拶した。真吾を含む他《ほか》の者は、なんとなく頭を下げ、モゴモゴと声を出した。

「え、本日はセミナー申し込みありがとうございます。ま、ここからね、皆さんのね、成功がはじまるわけです。しっかりね、教えてね、いきますので、頑張ってね、脱落《だつらく》しないでいきましょうね、はい」

イケハヨは甲高《かんだか》い早口で言った。妙《みょう》に言葉を区切って話すのが口癖《くちぐせ》らしい。

「それじゃあね、はい、確認しますね。名前をね、呼びますので、答えてくださいね」

それからイケハヨはファイルを見ながら名前を呼んだ。五人で全部らしい。

そしてマイクロバスは走り出した。

廃線《はいせん》になったモノレールに沿って通った道路を海へと向かっていく。

車内は静かで誰も話すことはない。途中《とちゅう》で小さな山間を抜《ぬ》けていくが、その先から一気に荒廃《こうはい》の度合いがあがっていく。窓から見える家々の窓ガラスが割れており、庭木が荒《あ》れ放題《ほうだい》に伸びている。ただでさえ静かな車内に奇妙な緊張《きんちょう》が満ちる。

「これ……危ない地域に入っているんじゃないですか？」

聞くまでもないことをイキリが言った。

「え、最初からね、そう言っていたわけでね。でも大丈夫ですよ。ビルひとつボクのものですからね。セミナーはその中で進みますからね」

イケハヨが自信ありげに言った。

その言葉で安心できるはずもなかったが、セミナー参加者は質問を続けるわけにもいかず、不安を呑《の》み込まなくてはならなくなった。

緊張感を内包したまま車は進み、幸いなことに事故もなく江ノ島大橋直前のビル前に駐まる。とがめる者もいないので、商店街だった通りに路上駐車《ちゅうしゃ》している。

「はい。こちらがイケハヨランド」

イケハヨは得意げに看板を示した。

雑居ビルのエントランス前に木の切り株が置いてある。そこにナタで傷をつけた直線だけでカタカナを刻んでいた。文字はもちろん

イケハヨ
ランド

「おおー」

安全にここに到着したことで安心したのか、一同は『イケハヨランド』の文字に感動の声をあげる。真吾も感慨深く《かんがいぶか》「ここがイケハヨランド」などとつぶやいていた。

危険を乗《の》り越《こ》えるとテンションが上がり、それを主導したイケハヨに対して尊敬の念が生まれるということらしい。

真吾も「こんな危険な場所にビルを買うのだから、やはりイケハヨはすごい」と惚《ほ》れ直す気持ちになっていた。

ビルのエレベーターは生きていた。六階をイケハヨが押《お》す。

「セミナーは主にね、六階で行います。ここ江ノ島からね、インフルエンサーとして大きく羽ばたいていきましょうね」

イケハヨが景気をつける。

一同は「はい！」と元気に答えた。

ビルは十階建てで、三階と六階の他は潰れた飲食店だから、宿泊《しゅくはく》はそちらで可能なように改造してある、とイケハヨが説明するうち、六階に到着。

六階では一人の男が待っていた。

「着きましたね。よろしく、美濃部です」

美濃部と名乗ったのは、粗野《そや》なチンピラとしか思えない男だった。眉《まゆ》が濃《こ》く、常時ニヤついた顔をしたヒゲの出っ歯。人から好かれる要素が何ひとつない。おまけに話し方も心底から他人を舐《な》めた失礼なもので、しかもそれを〝豪快《ごうかい》で本質をついているオレ〟という自己イメージでとらえていることも表情からにじみ出ていた。

しかし、その男、美濃部幸吉を見て、セミナー参加者は歓声《かんせい》をあげた。

イケハヨを見出して本を出した大手出版幻海社の編集者だということを皆知っていたのだ。美濃部は界隈《かいわい》では有名人で、現在は犯罪で日本にいられなくなった実業家を世に出したり、ただの通俗《つうぞく》小説家を芸能スキャンダルに関わらせて炎上《えんじょう》商法を行ったりと怪《あや》しい人物なのだが、セミナーに行くような人間にとっては、それこそが魅力なのである。

なにもないところから金を生み出す。

虚無《きょむ》で駆動《くどう》するエンジンこそが参加者の憧《あこが》れだ。

実績も才能もない自分でも大金を手にできる。

そんな夢を見ている。

もっとも、それも搾取《さくしゅ》される側の人間あってのことだ。誰から金を集めるかわかっていないで市場に立っている者こそカモなのだ。

「はい、それじゃあね、まず第一回目の講義をはじめますね。席には適当についてください。ボクと美濃部さんの対談ですからね。時給に換算《かんさん》するとすごいことになってます。一時間あれば一千万稼《かせ》ぐこともできますからね美濃部さんは。ボクはまだ五百万くらいですがね。その二人が今日だけでも二時間、それに明日もあるわけですからね。これはもうお得ですよ」

イケハヨが煽《あお》った。

六階はダイビングスクールが授業に使っていた場所であり、造りは完全に教室だ。長テーブルが整然と並んでおり、正面にはプロジェクターが備わっている。それには美濃部のノートパソコンが接続されており、画面が映し出されていた。

「まずはね、お金の話をしようと思います。FXなんてリスクあることをやるのなら、まずは元本を割れないようにすることが大事です。すると必然的にアフェリエイトで稼げることがね、最低条件になりますね」

それからイケハヨはだらだらと金融《きんゆう》商品に手を出す人なら誰でも知っていることを説明し続けた。

それでも参加者たちは真剣《しんけん》に聞いている。

美濃部は相槌《あいづち》を打っていたが、説明が続くにつれ、「ここでイケハヨの魔術《まじゅつ》ってヤツを」と促すようになってきた。

「そうですね。事前に予告していたイケハヨ流の魔術ってやつをね。説明しないといけませんね。これまでアフェリエイトでいかに効率的に稼ぐかを説明してきたわけですが、これからは動画なんですよ。携帯《けいたい》も５Ｇになるということでね、動画を外でも見ることが容易になってきたわけです。その動画作製のコツは、このイケハヨの魔術書に書いておきましたので……」

イケハヨはプリントアウトした紙束を示して得々と語るが、それを美濃部が横から遮《さえぎ》る。

「いや、そういうのじゃなく、あるでしょ？　もっとインスタントなやつが。即座《そくざ》に戦力になるすごいエモーショナルなのが。本物の魔術が」

美濃部の声に怒気《どき》が混じった。

それを感じてイケハヨは細い首をさらに伸ばして挙動不審《きょどうふしん》になる。

「え、え、え……そうですね。ありましたね。インスタントなヤツが。気合いのいれ方みたいなものでね。イケハヨ流のヤツがあるんですよ。自然の力を借りて、実力をつけましょう。皆さんもやってください。こう、立ち上がって、大自然の呼び声を全身に浴びるんですね。大自然が呼んでいる。さぁ、皆さん、叫《さけ》んで。英語で、ネイチャー、コールズ、ミー！」

イケハヨが立ち上がって両手を広げ、叫ぶ。

「ネイチャー、コールズ、ミー！」

「ね、ねいちゃー、こーるず、みー……」

真吾たちもおずおずと声を出す。

確か、トイレに行きたいという意味だったはずだが、イケハヨは知らないのだろうか？

だが、真吾以外に疑問に思った者はいないらしい。

ただ、美濃部は意味を知ってか知らずか、露骨に苛立《いらだ》ちを隠さなくなった。

「いや、このセミナーって、そうじゃないでしょ。徹底的《てっていてき》にやるんじゃなかったの？」

「い、いや……」

イケハヨが困り果てたようにうなだれた。

「今日はもういいよ。夕食の時間だし、食べて寝《ね》てから、また明日、ちゃんとやってもらうってことでさ」

美濃部が勝手に仕切る。

「は、はい。ということでね。この最上階の食堂で、食事が用意してありますんでね」

イケハヨが講義を切り上げた。

○

　さすがに参加者の間でも、不満が表に出てくる。

　最上階にあがる間、エレベーターの中がチビ、カクガリ、イキリ、ボケ、真吾の五人だけになったとき、やはりイキリが苦情を言いはじめた。

「なにかおかしくないか？　なんで美濃部さんが仕切ってるんだ？」

「なんか態度が変だったよな」

　カクガリが応じる。

「まぁまぁ。だけど、セミナーはちゃんと進んでるわけだし」

　ボケがなだめるように言った。

　しかし、食事の時間になり、一同の不満はさらに高まる。

　廃棄《はいき》された食堂につくと、一部しか灯《とも》っていない照明の下、人数分並んでいたのは、水のペットボトルと、温めてもいない鯖《さば》の缶詰《かんづめ》、それに魚肉ソーセージだけだったのである。

「食事、宿泊施設完備って言ってたよなぁ」

「食事も水もあるっちゃあるけど……」

「金持ちのハズじゃなかったのか？」

　一同は席についてはみたものの、さすがにこんなものを食べる気にはならない。

「ちょっと聞いてくる」

真吾は決意した。

文句を言う権利くらいはあるだろう。

立ち上がり、エレベーターを使わず、階段で下りていく。

講義をしていた六階へ。

扉《とびら》に隙間《すきま》があり、そこから美濃部とイケハヨが見えた。

と、真吾は足を止めた。

様子がおかしい。

目にしたのは、美濃部がイケハヨの頭を叩いて叱責《しっせき》している光景だったのだ。

美濃部はイケハヨの頭をリズミカルに叩いている。

「兵隊を！　集めるって！　言ってた！　だろうが！」

スリッパで一言ごとに、スパーン！　スパーン！　とやっている。

真吾は、動きを止めて息を潜《ひそ》めた。ドアの隙間から覗《のぞ》き見《み》る形で身を隠す。

「すいません、すいません……」

イケハヨは小さくなって謝《あやま》るばかりだ。

「客は本当に血筋のいいヤツらなんだろうな？」

「はい、それはもう……」

「だったら、オレがクスリを用意して持ってくるから、それまであいつら帰すなよ。準備してたら明後日《あさって》になっちまうから、それまで馬鹿話《ばかばなし》でつないでろ」

美濃部はそう言いながらも、適度なタイミングでイケハヨを叩いている。

血筋とか、クスリとか、どういうことなのだろうか？

いずれにせよ危険な臭いがする。

恐怖《きょうふ》の冷《ひ》や汗《あせ》が真吾の背をゆっくりと伝った。足音を立てぬよう慎重《しんちょう》にその場を離れ、階段を上った。

戻《もど》ると、まだ食事に手を付けていない一同に、見たことを話す。

「なんだよ、そりゃあ……」

「じゃあ、麻薬《まやく》かなにかの実験に使われるってことなのか、オレたち」

「でも、イケハヨさんは協力しているって風でもなかった」

真吾は言った。

それで話の流れが変わる。

「じゃあ、明日、イケハヨさんに話して一緒《いっしょ》に逃げようぜ」

「そうだな。イケハヨさんならなんとかしてくれるよ」

真吾としても、その言葉通りにイケハヨに希望を見出す他はなかった。

そして一同はわびしい食事を終え、食堂の椅子《いす》で眠《ねむ》ることになった。文句は明日、ということだ。

翌朝、美濃部がどこかへ出発したのを確認《かくにん》してから、イキリがイケハヨに言う。

「イケハヨさん。昨日、こいつが美濃部さんにイケハヨさんが殴《なぐ》られているのを見たんですけど」

イキリは、こいつ、と真吾を指差す。

真吾もうなずく。

「あ、あの件ですね。そういうことなら、見解の相違《そうい》というヤツでもう解決しました」

イケハヨは話を収めようとしたが、目が泳いでいるのは明らかだった。

「見解の相違ということならそれでいいですが、美濃部さんが何をしようとしているのか、イケハヨさんは知っているんですか?」

イキリは質問を続けた。

イケハヨが首を横に振る。

「知りません。君たちは知っているんですか?」

「え?　だって昨日、話していたじゃないですか。兵隊にするとか、クスリとか……」

　真吾が聞くと、イケハヨはさらに強く首を横に振った。

「し、し、知りませんこちらも。昨日はじめてそんなことを聞いたんです！　確かにこれからインフルエンサーとして兵隊になれる良い素性《すじょう》の人たちがセミナーに来るとは言いましたけど……」

　イケハヨは嘘《うそ》を言っている風ではなかった。

　妙なことになった。

　一同は言いようのない不安に襲《おそ》われ、チビなどは泣き出して訴《うった》える。

「なんだかわからないけど、とりあえずここからは逃げようよ！」

　確かにそうしない理由はなかった。皆は荷物を持ってきて階下へと向かう。

　しかし、エレベーターが一階で扉を開くと、そこに見知らぬヤクザが二人立っていた。

　かなり大柄《おおがら》な体格の二人で、縦にも横にも幅《はば》がある。月並みな比喩《ひゆ》だが、プロレスラーのような、というのがぴったり来る。

「ひ！」

　一同が驚《おどろ》くと、ヤクザ二人はニヤリと笑って言った。

「買い物なら自分らが行きますよ。言ってください」

「美濃部さんからお手伝いするよう頼まれてますんで、セミナーを続けてください」

全員の表情が絶望に染まる。

こうなると六階に戻る他ない。

そして、不安から、全員がイケハヨを問《と》い詰《つ》めはじめた。

「いったいどういうことなんですか?」

「俺たち脅《おど》しても金なんて出せませんよ!」

「美濃部さんは一体何を!」

イケハヨは次々に言葉を投げられるが、何も知らないと首を振るばかりだ。

「そもそも、美濃部さんとは、どういう関係なんですか?」

真吾が話を整理しようと聞いた。

「し、知らない……。向こうから連絡《れんらく》してきたんだよ。ブログを見て、本を出させてくれって……セミナーもインフルエンサーを増やして稼ごうって意味で……」

イケハヨのブログといえば『まだ陸上で消耗《しょうもう》してるの?』。多くの情報商材ブログと比《ひ》較《かく》して特殊《とくしゅ》なのはオカルト方面に造詣《ぞうけい》が深いことだ。だからこそ美濃部にはイケハヨらを監禁《かんきん》して得があるようには思えない。

「このビルはイケハヨさんが見つけたんですか?」

真吾の質問にイケハヨは首を横に振った。

「い、いえ、これは美濃部さんが何件も有名セミナーに使っていたビルで、今回は無料でここを……」

それでイケハヨランドとはよく言ったものだが、そこを突っ込んでいる場合ではない。

「じゃあ、代長《よなが》さんのもモリエモンのも……」

カクガリがセミナーを行っていた過去の有名人の名をあげる。

イケハヨはそれを認めた。

異界に沈んでから後、ここで何件もセミナーが行われていたというのだ。

「いったいこの場所に何が……まさか、美濃部さんが邪神の信者だったなんてことも……」

真吾は思いつきを口にする。

しばし沈黙《ちんもく》があった。が、すぐに恐怖が全員の間で共有される。そうだと考えるのが妥《だ》当《とう》と皆にも思えたからだ。

「ここから、に、逃げなきゃ……」

イケハヨが狼狽《ろうばい》して言った。

そのためにはビルの構造を調べておかねばならない。

幸い、ヤクザは一階で見張っているのみだ。上で階段を上り下りしていても咎《とが》められる様子はない。

手分けして逃げられそうな場所を探すが、二階の窓から飛び降りるくらいしか解決策はなかった。が、それでは簡単に一階のヤクザに見つかってしまうだろう。

ただ、唯一《ゆいいつ》、入れない場所があることがわかった。

八階に封印《ふういん》された扉があったのである。

真吾がそれを見つけて、全員を扉の前に集めた。

飲食店のガラス扉であるが、ガムテープで取っ手がぐるぐる巻きにされて、扉の隙間が目張りされているのである。

「開けるとろくなことにならないような……」

チビが怯《おび》える。

「封印されているけど、ヤバイもんじゃなさそうだぜ。単に立入禁止ってだけにも見える」

カクガリが言うや、とっととガムテープに手をかけ、それを引《ひ》き剥《は》がして捨ててしまう。

「お、おい、大丈夫《だいじょうぶ》かよ……」

「魔法陣《まほうじん》や呪文《じゅもん》とか書いてないじゃん」

カクガリは扉を開いた。

「う……」

扉の奥《おく》から異様な臭気《しゅうき》が流れてくる。

カビと腐敗臭《ふはいしゅう》が入り混じった空気が漏れ出してきたのだ。

その時点で嫌な予感はした。だが、イキリが「開けたんだから責任とるべきだろ」とカクガリの背を押す。

こうなるとカクガリも強がりを通す他無い。

「わ、わかったよ……」

入って、電気をつける。

その明かりで、はじめて店の中央に死体が転がっていたことがわかった。

「うわぁあああ！」

カクガリは死体から離《はな》れようとするが、その他の全員が扉を塞《ふさ》いでいるため、逃げられない。

「ああ……もう、わかったよ畜生《ちくしょう》！」

カクガリは諦《あきら》めて、なるべく死体を直視せず周囲の観察を続ける。必然、死体の衣服とその周辺を見ることになるわけだが、それで気づくことがあった。

「うわっ！」

カクガリは自らの気づきに驚きの声をあげる。

「ど、どうした？」

驚いたことに驚いた一同から声がかかる。

カクガリはさらに確認を続け、言う。

「こ、これ……なんかの儀式《ぎしき》を行った後だ！」

そう言って、カクガリはこっちに来い、と皆を手招きする。

チビとイケハヨは来なかったが、他の者は皆、応じる。ゆっくりと部屋に入ってきて、死体周辺を見る。

確かに、それは儀式であるといえた。

死体の左右に、それぞれ焼いた魚と海藻《かいそう》が転がっている。死体の頭部にあたる位置に魔法陣が描かれていた。絨毯《じゅうたん》に墨汁《ぼくじゅう》を染み込ませて描いたもののようだ。

「どういうことだ……」

真吾も落ち着いて死体を見てみる。気味は悪いものの、吐《は》きそうな不快感はなかった。それというのも完全にミイラ化していたからである。

「だけど……これ……」

死体には不自然な点があった。服が妙に小さいのである。

いや、死体が大きいのだ。

よく見てみれば、手足が伸《の》び、頭部が肥大していることがわかる。

もとからそういう体格だったとは考えにくい。

「ノートを持っているぞ」

イキリが指さした。そう言ったきり何もしないところをみると、カクガリに取れと指示しているらしい。カクガリはイヤイヤながらもそのノートをつまみ上げた。

手帳サイズのキャンパスノートだ。日常のメモにつかうサイズ。最初から見ていくと、「目指せインフルエンサー！」と書かれている。どうやら同じようにセミナーに参加した者だったらしい。

「やっぱりセミナー参加者だ」

「それじゃあ、やっぱり……」

その場の皆でノートを覗き込み、ページをめくっていく。

セミナーの感想やメモ取りが終わると、「遺書」と書かれた最後のページに行き着く。

遺書

これを見ている人にお願いがあるとすれば、僕《ぼく》のことをわかっておいてほしいということだ。家族に伝えてくれとか、そういうことは望まない。そもそも僕は自分がどこの誰かをこのノートに書かない。

家族はないも同然だし、僕自身、ここに来たことでわかったけど、本当になにもできないし、何者でもない人間だと思い知った。楽にお金を稼ごうとした末路がこれだ。でも、これを見ている人は、僕と同じような人間なんじゃないかって思う。他人を信用するにしても、普通《ふつう》の人を信用すべきだった。それこそ、いつも文句を言っていた親とか、いなくなった友達とか、ネットで文句ばかり言っている人たちのことだって、今思えばここのセミナーを主催《しゅさい》した人たちより信用できるんじゃないかな。

でも、それももう遅《おそ》い。

僕は本当に恐怖の、忌々しい、むかつくような存在にされてしまった。されてしまった、というのは正しくないかもしれない。そういう血筋だったのだ。でも、このセミナーに来なければそうはならなかったわけで、悔《く》やんでもどうにもならない。

簡単に言えば、もう僕は人間じゃない。半魚人ともカエルともつかない。河童《かっぱ》とも違うけど、そういう存在にされてしまった。呪《のろ》いだなんて信じていなかったけれど、どうやら呪いというのは実在するらしい。先祖をたどると人魚伝説がある地方に行き着く人は注意した方がいい。そういう血筋にある人は、どうやらこの化物の遺伝子を身体に刻まれて生まれてきたってことのようだ。それが呪いということで、呪文によって覚醒《かくせい》するみたいだ。

もちろん、名前は言わない（多分セミナーをやる人は変わっていくから）けど、セミナーはそういう呪われた人を集めていたみたいだ。僕は選ばれたって浮《う》かれていたけど、そういうことだったわけだ。

なにより、問題は僕以外の参加者たちも、怪物《かいぶつ》に変化してしまったんだけど、怪物となって生きていくことに決めたってことだ。だから、自殺するのは僕だけで、いま、とても不安で寂《さび》しい。このセミナーで僕だけが間違《まちが》っているみたいだから。

怪物になってしまっても、まわりは怪物ばかりだし、海で暮らせるように身体も思考も変化していくらしい。海の中で暮らしていくなんて！　僕にはそんなことはできない。それに、人間を人間と思わなくなって生きていくのも嫌《いや》だ。

だから、僕は死ぬ。どうせ死ぬのだから、と彼《かれ》ら化物の邪神に僕の死体は捧《ささ》げられることに決まったらしい。もしかしたら、そうすることで化物になった人たちの地位があがるとかあるのかもしれない。だとしても、化物の中で認められることなんてどうでもいい。

だから、僕は死ぬ。だけど、覚えておいてほしい。そして、見ている人がいたら逃げ出してほしい。もう遅いのかもしれないけど。

読んでいる皆の背筋が震《ふる》えだす。

もう逃げる以外の選択肢《せんたくし》はあり得なかった。

問題は一階で見張っているヤクザと、ここがビルであることだ。さらに携帯はつながらない。この地域でも電波は届くはずだが、電波を妨害《ぼうがい》する装置でも動かしているのだろう。

「窓からぶら下がることは簡単だけど……」

元々、この建物にはダイビングとヨットのスクールが入っていたため、人がぶら下がるのに十分な強さと長さのロープが見つかった。

「三階くらいからなら、訓練してなくても安全に降りられるな」

真吾とカクガリは確認し合ったが、チビが不安を口にする。

「でも、見つかったら逃げられないよね……」

「誰《だれ》かが正面から逃げ出して、囮《おとり》になればいいんじゃないか」

イキリが言った。

「言い出したからには、お前が囮をやってくれるんだろうな？」

カクガリが突《つ》っかかるように言った。死体の発見者にされた恨《うら》みを忘れていない。

「足が速い奴がやるべきだろ」

イキリは口を尖《とが》らせる。

「いや、囮が一人なら、すぐにバレるんじゃないか？」

真吾が反論する。

一同は考え込んだ。

「それじゃあ、バラバラに逃《に》げましょう」

イケハヨが言った。

「数秒ずつずらして、表から走るのが二人、窓からも二人、飲食店の階段からも二人」

このビルの構造は特殊で、エレベーターと内側の階段以外にも外側の階段がある。二階の飲食店に直接入れるように設置されたオープンな階段だ。そちらにも内側からなら通過できる。

メモを出して、誰がどこから逃げるかを書き込んだ。

結局、カクガリとイキリが正面から。チビとボケが窓から。イケハヨと真吾が飲食店の階段からとなる。

どの組が生き残りやすいのかはわからない。

決行は夜の二時と決まった。見張りはいるだろうが、片方が寝ている可能性は高い。見つかって追いかけられたら大声を出し、他の者たちもそれに応《こた》えて大声を出すということが決まった。複数がいっぺんに逃げたとわかった方が追いかける目標を絞《しぼ》れないだろう。何しろ相手は二人だ。そして、電波が通じるところまで逃げ出したらどこにでもいいから電話連絡をして生き残りを図《はか》る。

昼になってイケハヨが食事を持ってきた。またサバ缶《かん》と魚肉ソーセージである。

「実は貧乏《びんぼう》なんじゃないですか？」

イキリが、もはや気を遣《つか》わずに聞いた。

イケハヨは即座に否定する。

「ボクの年収は五千万ですよ。保存食だから仕方ないんです」

そして、イケハヨはこのビルの問題点をあげて、いかに自分の準備が正当だったかをくどくどと言い訳し続けた。いわく、水は出るが、貯水タンクが洗浄《せんじょう》されておらず、トイレしか使えない。皿を洗うのすら不適だろう。ガスは止まっているから調理もできず、電気も来てはいるが、安定していない、云々《うんぬん》……。だからこの食事が最適なのだと言いたいらしいが、説得力はない。

「ここはイケハヨランドじゃなかったんですか？」

イキリがそういうと、イケハヨは黙《だま》り込んだ。

それからは誰も喋《しゃべ》らず、思い思いの場所で時間を潰《つぶ》した。つながらない携帯を眺《なが》めたり、パイプ椅子を並べて寝転《ねころ》がったり。そして、夕食と夜食にまた同じメニューをとり、作戦決行の時間となった。

真吾は二階の飲食店に従業員通用口から入り、外の階段への出入り口のガラス越《ご》しに向こうを覗く。暗い。なにもない夜が見える。

時計を確認した。時刻はあわせてある。決行まで数秒。

「時間です」

小声でイケハヨに言い、ゆっくりと扉を開けた。

思いの外、大きい軋《きし》み音がして、びくりとしたが、見えた階段の先には誰もいない。

足を踏《ふ》み出し、階段を足音を立てぬように歩き出したが、数歩進んだだけで反対側からイキリの悲鳴が聞こえた。

「逃げろ！」

「うわぁあああ！」

真吾は大声を出して走り出した。階段を駆《か》け下《お》り、通りへと飛び出す。追手がいるかどうかも確認しなかった。ただ海岸沿いの大通りを江ノ島から離れるように走る。

イケハヨがすぐ後ろを走っている音が聞こえる。

ちらりと振《ふ》り返《かえ》った。

イケハヨが汗まみれになりながら舌を出して女走りをしているのが見える。

さらにその背後に追手の姿は見えない。

たすかったか。

真吾は走りを緩《ゆる》めそうになるが、あの走り方のイケハヨと同じ程度の速度ということは、自分の走り方も似たり寄ったりであるということだ。気を緩めずに必死に走った。

息が切れてくる。

さすがに歩を緩めた。

もう逃げきれただろう。

イケハヨからもかなり距離《きより》を引き離している。

もう大丈夫《だいじょうぶ》だ。

そう思うと、夜の無人の自動車道を走っていることが快感に思えてきた。

夜の無人の街を逃げる。

何物からも自由でいられるような気がした。

「はは……はは……」

笑いが漏《も》れてくる。

しかし。

早足になっていた真吾の歩が停《と》まる。

前方に人影《ひとかげ》が見えたのである。

いや、人ではない。
大きい。そして、ぬるりと突き出た頭部が首と一体化している。
あの死体と同じ半魚人だ。
それは、一人ではなかった。五人ほどが砂浜《すなはま》から道路に跳《は》ね出てきていた。
カエルを擬人化《ぎじんか》したかのようながに股《また》で、ひょいひょいと跳《と》んでくる。
「う……うわ……」
悲鳴というには力なく真吾は声を上げた。
もはやそれくらいしかできることはなかった。
深きものどもはヒタヒタとこちらにやってくる。
彼らは明確にこちらのことを認識《にんしき》していた。
「イケハヨぉ、客を逃《のが》したらだめだって言っといただろ」
覚えのある声がした。
その声はなんと美濃部のものだった！
深きものどもの一体は戻ってきた美濃部だったのだ。
「……そんな」
真吾はうめくように言った。

悲鳴をあげる気力はなかった。

正面から自分を見据《みす》えている顔は魚と蛙《かえる》の中間のものだが、全体の特徴《とくちょう》は美濃部のものなのが不気味だった。薄汚《うすぎたな》いヒゲまでも大きく裂《さ》けた口のまわりにカビのように生えていることも、さらなる不気味さを感じさせる。

「イケハヨ、お前まで逃げるってのは、どういうことだ？」

美濃部は気安い調子でイケハヨに言ったが、イケハヨは真吾と同様に、うろたえ怯えるばかりだ。

と、その様子に気づいた美濃部が笑いだした。

「ははは！　そういうことか！　そんなツラだから、すでにオレたちの仲間なんだと思ったが、魔術が使えるとか、兵隊を揃《そろ》えられるとかも話をあわせていただけだったか！　そのツラで我々の血族でないとか、笑うしかねぇだろ……！」

美濃部とともに陸に上がってきた深きものどもらも、声をあげて笑いはじめた。

彼らが笑うと海水がぽたぽたと地面に落ちた。

緑と銀と灰色の中間色の皮膚《ひふ》が呼吸とともに波打っていた。肩《かた》の部分でエラがパクパクと開いており、その見た目が与《あた》える生理的嫌悪《けんお》は驚くばかりだ。

さらにおぞましいことは、彼らが人間と同程度に知的であるらしいことだった。

その場にいる他《ほか》の者たちも美濃部の冗談《じょうだん》に笑っている。

「化物……」

真吾が怯えた声を出した。

「ははは！」

と美濃部が笑う。

「我《わ》が血族を化物と呼ぶのは古いレイシズムだぜ。ポリコレってやつに従わなくちゃ駄目《だめ》だ。マサチューセッツの連中はそれをわかってなかった。原始的で忌《い》むべきものだと断じたわけだ。キリスト教徒でないってこともアイツらにとっては問題だった」

美濃部は外見とは裏腹に知的なことを言う。

「だが、我が血族は知的で、水中に文明を築くことも可能になった。今はまだ少ないが、さらに我々の数は増える。見せてやろう」

美濃部は腰《こし》に巻いていた網状《あみじょう》のものをぐいと回転させた。それは海藻で編んだ袋《ふくろ》で、水中で小物を持ち運ぶ時に使うもののようだ。袋から取り出したのは、大きめの巻き貝だった。巻き貝を正面に突き出し、中身を示す。

「我々は『ハイドラの真珠《しんじゅ》』を開発した。これは血族の者でなくとも、飲めば我らの遺伝子を組み込める丸薬のようなものだ。イケハヨ、そして、生徒の君。感謝するんだな。絶対的な成功が約束されたんだから」

美濃部の説明はおぞましいものだった。

誰でも深きものどもへと変身してしまう丸薬！　そんな恐《おそ》ろしいものが広まってしまったら、人類はどうなってしまうのか。

真吾とイケハヨは、恐怖から指一本動かすこともできない。

美濃部が合図し、深きものどもたちが真吾とイケハヨに殺到《さっとう》する。

あっという間に二人は手足をつかまれて担《かつ》ぎ上《あ》げられた。

深きものどもの膂力《りょりょく》は凄《すさ》まじく、抵抗《ていこう》することもできない。

そして、彼らは二人をかついだまま、元のセミナー会場へと歩き出した。

○

夕闇《ゆうやみ》が迫《せま》っていた。

磯尾真吾らが捕《つか》まってから翌日の、である。

大和涼牙と間宮《まみや》純、そして島野偃月は、磯尾の母を連れてセミナーの行われているビルへと向かっていた。

涼牙の車はまたも勝手に先行している。

フェラーリに追いつくことは純もすでに諦めており、涼牙がすべて解決してくれたところに遅《おく》れて到着《とうちゃく》できればいい、その方が安全に磯尾の母をセミナーのビルに到着させることができる、程度に都合のいいことを考えている。

偃月は純の車の助手席でそれを察したのか、純を叱責するようなことを言う。

「救うと決めたなら全力を尽《つ》くすべきだ。人間のすることだ。気持ち次第《しだい》でどちらにも転がる。特に深きものどもからの誘惑《ゆうわく》に抗《あらが》えるかどうかは、そういうところがある」

純はそう言われて、気持ちアクセルを多めに踏んだ。

が、そのしばらく後、純は恐怖に直面してしまうことになる。

セミナー会場のビルが見えてきた頃《ころ》のことだ。

ビルの手間の路上にフェラーリが停まっていた。そのすぐ横で涼牙がビルに対して半身に構えており、左肘《ひだりひじ》を掲《かか》げ、それで顔面から頭を守っていた。

純の車が近づくと、涼牙は「停まれ」と右手で指し示した。

ブレーキを踏む。

純は涼牙を見て驚いた。

涼牙の手には大型の拳銃《けんじゅう》が握《にぎ》られている。

それに気づいた直後、銃声《じゅうせい》が響《ひび》いた。

涼牙のものではない。

掲げていた涼牙の左肘で何かが飛び散り、微《かす》かに煙《けむり》があがったのが見えた。

「ひ！」

悲鳴をあげたのは純だったが、涼牙は無事なようだ。

「あいつのレザーコートは防弾《ぼうだん》仕様だ。趣味《しゅみ》で作らせたらしい」

偃月がそう言って、純と磯尾の母に身をかがめるように言った。

ビルのエントランスの柱の陰《かげ》に、複数人の黒スーツ姿が時折ちらりと見える。彼らはその手に銃《じゅう》を握っており、柱から半身を出し、涼牙に対して銃撃《じゅうげき》を浴びせている。

「少し手伝う必要があるな」

偃月は杖《つえ》を持ち、車を降りた。

そして銃弾《じゅうだん》が飛んでくる可能性など気にもしていないかのように涼牙に歩み寄っていく。

片足が義足の偃月である。その歩みは速いものではなく、相手から見れば良い的だ。

「危ないですよ！」

「だ、大丈夫なんですか？」

純が呼びかけ、磯尾の母は心配の声をあげるが、銃声にかき消される。

しかし、偃月の悠然《ゆうぜん》たる歩みは止まらない。まるで銃弾が当たらないことを知っているかのようだった。そして、その通りだった。銃声はすれど、偃月のゆっくりとした歩みは止まることがない。

相手の黒スーツたちの困惑《こんわく》が見て取れた。しっかりと偃月に狙《ねら》いをつけているのだが、なぜ銃弾が当たらないのか理解できないようで、一人などは、もはや遮蔽《しゃへい》物に隠《かく》れることも忘れて両手で銃を握り、偃月にしっかりと銃口《じゅうこう》を向けようとしている。

偃月は杖を握っていない手を指揮者のように優雅《ゆうが》に動かしていた。黒スーツの目が無意識のうちにその指の動きを追っていた。偃月の指と相手の眼球がリンクしており、それを弄《もてあそ》んでいるかのようだ。

「ちっ、またいいところを取られちまった」

隣《となり》にやってきた偃月に涼牙がぼやき、銃口を下げた。

「喧嘩《けんか》は良くないということさ」

偃月が黒スーツたちに「こちらに来い」と指を振った。

それを合図に銃撃戦《じゅうげきせん》が終わりを告げた。

「うわぁああ！」

ビルの陰から悲鳴が聞こえてきた。

そして二人のヤクザが転がるようにして表に出てきた。目を押《お》さえている。なにか恐ろしい物を見たかのようだった。その手から拳銃がこぼれ落ちた。

涼牙は二人のヤクザに駆け寄ると、落ちている拳銃を拾い上げた。そして、油断することなく、彼らに拳銃を突きつけて聞く。

「セミナー参加者を解放しろ！　五人いたはずだ！」

ヤクザは視力を奪《うば》われているのか、手を所在なげに振り回している。

「畜生、なんだ……目が……」

彼らを偃月が見下ろす。

「質問に答えれば視界は返してやる。セミナー参加者はどうなった」

問われて、ヤクザは苦しみながらもニヤリと皮肉めいた笑《え》みを浮かべ、あざ笑うように言った。

「もう遅い。奴《やつ》ら帰らないってよ！」

「何を言ってやがる！」

涼牙が怒鳴《どな》る。

それに再び嘲笑《ちょうしょう》が返ってきた。

「二人は帰りたいって言ってるが、まぁいい。どっちにしろ彼らは人間をやめたがってる。

成功したいってさ、人間じゃない世界で！」

ヤクザら二人は、それを今から証明してやる、と言わんばかりに上着を脱《ぬ》いだ。

なんということか。

彼らは宵闇《よいやみ》の薄明《うすあ》かりの中でもはっきりとわかる身体変化をはじめていた。

手足が伸び、首が盛り上がり肩と一体化する。そして、口が裂け、目が丸く見開かれてまぶたが失われていく。

彼らは深きものどもとなり、その醜《みにく》い口で空に向けて奇声《きせい》を発した。

「畜生」

短くつぶやいて涼牙は銃を構え直すが、ヤクザだった深きものどもは、降参というように両手を上にあげた。

「撃《う》つなよ。無益な殺生《せっしょう》ってやつだ。もう終わったんだ。オレたちゃ帰るぜ」

そう言ったとき、さらにおぞましいことが起こった。

ビルから次々に深きものどもが出てきたのである。

同時に夜の闇《やみ》が降りてきた。

そこから不可思議な光景が目の前で繰《く》り広《ひろ》げられることになった。

深きものどもの行進である。

大柄な一体に先導され、九体がその後に続いていく。

ぺたりぺたりと水かきのある大きな足を動かし、ガニ股で不器用に歩いていく。

「あ！」

純は、軽自動車の運転席からそれを見、先導しているのが美濃部であること。そして、最後尾《さいこうび》を歩いているのがイケハヨであることに気づき、背筋を凍《こお》らせた。

彼らはもはや人間ではない。

アスファルトの道路から砂浜へと進み、そこから次々に海へと入っていった。

海に入ってからは陸上とは打って変わった凄まじい速さで泳ぎ始め、彼らは、するりと江ノ島方面へ消える。

まるで何事もなかったかのような静寂《せいじゃく》が訪《おとず》れた。

「ああ……」

しばらく放心していた純だが、偃月が真吾を連れてビルから出てきたのを見て、はっと我に返る。

「真吾！」

磯尾の母が車から外に飛び出て、真吾に駆け寄っていく。

真吾は路上で泣《な》き崩《くず》れた。

「なんとかなった……」

純も車を降りて、安堵《あんど》のため息をつく。

「だといいが」

偃月は冷めたことを密《ひそ》かに純にだけ口にした。

「え？」

純は聞き返す。

「さっきも言ったが、深きものどもになるかどうかは自分次第。そのことで生き方が変わるなら、それは強烈《きようれつ》な誘惑になる。人間というものは、弱い。特にそういうものには」

偃月は言った。

○

純は磯尾の母と真吾のカウンセリングをしばらく続けていた。

予後は悪くなく、真吾もまたアルバイトが可能な程度に快復してきたように思えた。

が、ある日のカウンセリングの際のことである。

「真吾が……真吾がいなくなりました。そして、こんな手紙を……」

磯尾の母が憔悴《しょうすい》した様子で告白してきた。

そして手紙を渡《わた》してくる。


「恐ろしいことに、僕は人間でなくなってしまいました。それでも、人間の姿のままいられたのは、自分が実は人魚伝説のある土地の出身だったから、人魚の肉を食べた者の子孫だったからということなのだそうです。

先生には感謝しています。救けてくださったことを無駄《むだ》にするようなことをしてすいません。すべて自分の責任です。

美濃部さんから聞いた話ですが、人間に変身できる半魚人(美濃部さんたちは自分たちのことを『深きもの』と呼んでいます)は貴重で、他の者は人間には戻《もど》れないらしいです。だから、人間に戻れる自分は、戻ってこれまでの生活をするか、深きものの生活になるか選べるのでした。

結論から言えば、僕はまだ決めかねています。ですから、少し深きものの生活をして、また考えようと思います。

でも、怖《こわ》いのは、人間に戻る気がなくなってしまうことです。深きものへのあこがれというか、その生活への期待が高まっているからです。深きものは明確な序列があり、その頂点に神がいます。神の声は自分にも聞こえるようになってきました。その声は畏《おそ》れ多くも具体的で、従っていれば間違いのないものです。

美濃部さんの話では、自分の担当した作家で成功した者は、すべてこの声に従っていたのだそうです。あの百瀬直人《ももせなおと》先生も、その啓示《けいじ》により日本の歴史を解釈《かいしゃく》し直した本で出版社を救ったのだそうです。なんと総理に近い人たちの大半は深きものなのです。

正直に言えば怖いけれど、深きもののエリートというのが自分の才能だったのだと思うと、頑張《がんば》らなくてはという気持ちがします。

それと、いや、迎《むか》えが来ました。これから海へ行きます。

また戻ったときはよろしくお願いします」

純は手紙を読み終えた。

磯尾の母は泣いていた。

「あの子はもう戻ってこないと思います。先生、今までありがとうございました」

純には返す言葉がなかった。

磯尾の母が礼を言って帰っても、不快な気持ちだけが残った。

そこで偃月の店に車を走らせた。

店には、ちょうど偃月と涼牙がいた。

一通り話を聞くと、涼牙は笑った。

「諦めなよ。セミナーってのは、行こうと思った時点でそうなっちまうもんなんだよ。それが半魚人になることだろうが、詐欺師《さぎし》の養分になることだろうが、変わらないんだ」

「カウンセリングでも新興宗教にハマる人とかは見てきましたけど、それでも、納得《なっとく》がしにくいんですよ、今回のことは……」

純が感情的になっていると、偃月がコーヒーを出してくれた。

「君だって怪異《かいい》に憧《あこが》れるところはあるだろう。だが、怪異にも人間の感情の薄汚い面は隠れているものだ。これからは、そういうことにも慣れるといい」

涼牙も美形ではあるが、さらに上を行く美形の偃月に諭《さと》されると、純としては黙る他なくなる。

「お、なんか面白《おもしろ》くねぇぞ」

涼牙が口を尖らせた。

「彼女《かのじょ》の前で銃を撃ったろう。そういうことをすると嫌《きら》われる」

偃月がニヤリとしながら言った。

「銃社会《じゅうしゃかい》アメリカでしか通用しねぇようなアドバイスだな」

「たとえ金持ちだろうと、喧嘩好きはすべての美点を隠してしまうってことさ」

偃月は鼻で笑った。

「え？　喧嘩好きなんですか？」

純が驚《おどろ》いて涼牙に聞く。

「悪を許せないだけです」

涼牙がキリッとした顔で言うが、偃月が呆《あき》れて首を振った。

「自前で防弾コートを作る正義の刑事《けいじ》がいるか」

「え？　バットマンみたいなもんだよ」

「あれは正義の味方じゃない」

そのやり取りで、純は笑いだした。

涼牙と偃月は顔を見合わせた。

そして偃月は言った。

「深きものどもとて中身は人間。人間が怪異を汚《よご》したまでだ。そういう瞬間《しゅんかん》がきた時、君は人間の側につくかい？　怪異の側につくかい？」

その問いに、純はまだ答えられなかった。

『時間からの挑戦《ちょうせん》』

またある日のこと、純《じゅん》に奇妙《きみょう》な依頼《いらい》がやってくる。

彼女は怪異に好かれており、それはもはや疑うところではない。

ただし純本人は、そのことに毛程も気づいてはいなかった。

今回のことも、純にとっては偶然《ぐうぜん》やってきた奇妙な依頼にすぎない。

平勝門《たいらかつかど》と彼は名乗った。

大学生で、今回は妹の相談なのだという。

「妙《みょう》な事件についてなら間宮《まみや》純先生が詳《くわ》しいって人づてで聞いたんです」

勝門は悪気のない様子で言った。

髪《かみ》をあえてラフにセットし、ブランドシャツを素肌《すはだ》に身に着けている。人生を楽しんでいる風にも見えるが、その口調や表情からは生真面目《きまじめ》さが感じられる。現代的な大学生といっていいだろう。

「妙な事件については、解決したのは刑事さんで、私じゃないんですけどね」

い。磯尾《いそお》の母から仕事仲間に噂話《うわさばなし》が回ったのだろう。やや迷惑《めいわく》だが、事情を考えれば仕方ない。磯尾の母からすれば、息子《むすこ》の件は表向き解決したとしたいのは当然だ。

もっとも表向きだけなら、実際に解決していたともいえる。彼は美濃部《みのべ》のもとで職を得ていると美濃部の会社のホームページで知った。帰宅は二度としないだろうが。

「それでも、人脈があるのは良いカウンセラーってことですよね」

勝門がうまく返答する。

なかなかに如才《じょさい》ない。

「それで、どうしました？」

トラブルシューターと思われているんじゃないだろうな、と不安に思いつつも、純は話を進めることにする。

「あの……秘密厳守でお願いしたいんですが……」

勝門が声をひそめた。

「妹が人を殺しているみたいなんです」

「え？」

純は聞き返した。

「妹が人を殺しているみたいなんです」

勝門はスマートフォンの写真を見せてきた。

マンションのクローゼットの写真だ。

女物の服が吊《つ》るしてあり、その下に木箱が置かれている。

木箱をアップにした写真もある。

中に使用して泥《どろ》や枯《か》れ草《くさ》のこびりついたロープと、スタンガン、ＳＭプレイに使う猿《さる》ぐつわと手錠《てじょう》が入っている。

「これは深刻……ですね」

純は驚きに目を見開きつつ、うなずいた。

「深刻です」

「失礼ですけど、妹さんは、そういう趣味の人とお付き合いしているってことは？」

「ありません……というほどには妹のことを把握《はあく》しているわけじゃないですけど、こういうものもありまして……」

勝門はさらに写真を進めた。

箱の底には鞘《さや》に入った大ぶりの軍用ナイフがあり、それを抜《ぬ》いてみると血をぬぐった痕《こん》跡《せき》が刀身に残っていた。

さすがに純も背筋が冷える。

「警察には伝えました？」

「いいえ。でも、実は、心当たりも少しあって……」

「心当たり？」

「実は、妹が性格が変わったみたいになってしまったんです。きっかけはサーカスに行ったことだと思うんですが……」

「サーカス。珍《めずら》しいですね」

「はい。本人がそう言っていたので、どのサーカスかはわからないんですが、そこから帰ってから、いきなり気を失ったことがあって……」

勝門によるとこうだ。

気を失っている間、妹は聞いたことがないような言葉を口走り、目覚めると、またいつものように生活をはじめたのだが……。

「その後、妹は常識をすっかり忘れてしまったかのような行動をはじめたんです」

というのも、スマートフォンに手をかざして「動かない」と言い出したり、炊飯器《すいはんき》の使い方を確認《かくにん》しなくてはいけなかったり、不自然な言動がでてきたのだそうだ。

「でも、妹はすごい速度でいろんなことを学習するようになって……。パソコンも疎《うと》かったのに、僕《ぼく》のパソコンで投資をはじめて、あっという間に稼《かせ》いだかと思うと、通販《つうはん》であんな道具をこっそり買いはじめて……」

　勝門は再び木箱の中を写したスマートフォンを提示した。

　確かに、これは不可思議だ。

　純にもわけがわからない。そうなると対処はひとつしかない。

「こちらから警察には伝えます。でも、気を強く持ってくださいね。わかったことがあったらまた連絡《れんらく》します。妹さんの後をつけたりはしないようにお願いしますね」

　そう勝門に言《い》い含《ふく》めた。

　頼《たの》れるのは偃月《えんげつ》と涼牙《りょうが》だけだ。

　勝門が帰ってから、即座《そくざ》に大和《やまと》涼牙に連絡を入れる。

　涼牙は不良刑事ではあったが、悪人ではないし、今回のケースでも相談に乗ってくれるだろう。偃月の方は携帯《けいたい》を持っていないという話だったので、連絡は涼牙経由でしかできないということもある。

　電話に出た涼牙に、純は勝門の相談を話す。すると涼牙は気安く請《う》け合《あ》った。

「そりゃあ、確かに怪《あや》しいな。俺《おれ》よりも偃月の案件だとは思うけど、ま、偃月の店に行ってみるか」

　翌日、涼牙と待ち合わせて偃月の店に行ってみる。

　偃月はコーヒーをいれているところだった。来訪がわかっていたかのようにピッタリのタイミングでカップをみっつカウンターに並べていた。

「あれ？　行くって言ってたんですか？」

　純は涼牙に聞いた。

　涼牙は否定し、笑った。

「こいつと付き合ってるとこういうことはしょっちゅうだ。先を読めるんじゃないかってくらいバッチリ対処してることがある」

　偃月はその言葉にニコリともせず、肩をすくめてこう言うのだった。

「事件の話を持ってきたんだろう？　厄介《やっかい》なやつだ」

「わかってるなら覚悟《かくご》して欲《ほ》しいな。妙な事件だよ。ほら、純ちゃん」

　涼牙に促《うなが》されて、純は「え、あ、実は……」と概要《がいよう》を話しはじめる。

　妹が人格が変わったようになってしまったと兄が訴《うった》えてきたこと。そして、証拠品《しょうこひん》が部屋に隠されていたこと。兄は妹が人を殺しているのではないかと疑っているが、該当《がいとう》するような事件は起こっていないこと。

　その説明を聞くと、偃月は難しい顔になった。静かに話しはじめる。

「それは難しい事件だ。説明したいところだが、説明しても君たちにはすぐには理解できないだろう。……というのは嫌味《いやみ》で言っているんじゃない。私にすら完全には理解できていない事案だ。だが、結末はわかっている。放置すれば解決しているだろう」

結末までわかっているが理解できない、という謎掛《なぞか》けめいたことを言われて、純の頭は混乱した。

「えっ、どういう……」

「私にもわからない事象は世の中にいくらでもある。そのうちのひとつだということだ。だが……」

偃月がさらに言葉を重ねようとするのを涼牙が遮《さえぎ》った。

「っと、待った。実は妹さんがおかしくなったのは、サーカスに行ってからだそうだぜ」

「サーカス？」

その単語に思いの外、偃月が激しい反応を見せた。

「それを聞くと黙《だま》ってられないだろ？」

涼牙が茶化《ちゃか》すように言った。

「私の予想に不確定要素が入ってきた。そうなると調べてみる価値がある。放ってはおけないな」

偃月の態度が変わった。

「サーカスがどうかしたんですか？」

純が聞く。

「偃月にとって借りを返さなくちゃいけないヤツがいるんだ。昔に因縁《いんねん》のあった相手が、なんとサーカスの座長を隠れ蓑《みの》にしていたらしくてな。魔術師《まじゅつし》だとかって話だ」

涼牙が説明した。

「私よりいきりたって説明してどうする」

偃月が呆れたように言った。それに彼《かれ》は危険だ。そして続ける。

「私の因縁だ。それに彼は危険だ。君たちは首を突っ込むべきじゃない」

「そもそもが純ちゃんへの依頼だぜ。大丈夫《だいじょうぶ》。俺がついてる。そのサーカスってやつを調べてみるさ。そういう調査はお前だって苦手だろ？」

涼牙はニヤリとして純に手を差《さ》し伸《の》べた。

○

最近、鎌倉《かまくら》近辺にやってきたサーカスがあったかどうかについて情報を集めてみると、異様なことがわかってきた。

まずどこにも告知がされていない。すべて口コミで情報が発信されている。

さらに夕刻に設営がなされ、その場所では一晩しか開催《かいさい》されないのだという。

当然チケットも販売《はんばい》されておらず、開催に気づいたものだけが入場できる。

まるで都市伝説だ。

しかし、それが実在することは、純のクライアントの知り合いに「テントだけは見たことがある」という人が複数いることでわかった。ただ、話には尾《お》ひれがつき、学生などは「見ると不幸になる」とか「亡者《もうじや》のサーカス」などと噂《うわさ》しているそうだ。

「どうやって見つけるかわからないってのは厄介だな」

涼牙と純は相談し、双方《そうほう》が日常の中でサーカスを見つけるべくパトロールを増やすということになった。もっとも、涼牙の方はそういうのが嫌いらしく、露骨《ろこつ》にやる気を無くしていた。

「そういう面倒《めんどう》なのは、やる気なくなるんだよなぁ」

「そう言われても困ります。まぁ、私はそういうの嫌いじゃないんでいいですけど。見つけたら一人で行かずにすぐに呼びますね」

純は言った。こういう調査には心が浮《う》き立《た》つ方であり、また夜にしか出現しないサーカスという舞台《ぶたい》がオカルト好きにはたまらない魅力《みりよく》がある。

そして、その時は意外に早く訪れた。

カウンセリングの企業《きぎょう》案件で遅《おそ》くなり、夕食を揃えるべくコンビニに車を駐《と》め、買い物を済ませて外に出たところ、サーカスのテントが正面の空き地に出現していたのである。

「え？」

コンビニに入ったときには確かにテントはなかった。まさに一瞬《いっしゅん》にして大規模なサーカスが出現したことになる。

空き地はずいぶん前に旧国鉄の社宅マンションを取《と》り壊《こわ》したもので、ここに鎌倉市の庁舎が移転する計画があったのだが邪神《じゃしん》上陸により頓挫《とんざ》し、かなり広大な土地が空き地のままになっていた場所だ。無論、純が記憶《きおく》している限り、ここは完全に土が露出《ろしゅつ》し、まばらに草が生えている空間だったはずだ。

今はサーカスの赤いテントが建っている。廃線《はいせん》になったモノレールの空中線路が脇《わき》を通っているが、その高さまで尖塔《せんとう》を模したふたつの屋根が伸びている。

大きい。

正面には入場ゲート。簡易ながら金属バーで仕切られたチケットカウンターまである。そして、テント周囲はペイントされたベニヤ板がぐるりと囲んでいる。そこに描《えが》かれているのは、色とりどりの動物やピエロである。

純があまりのことに呆然《ぼうぜん》としていると、音楽がテント内から流れてきた。

夜は楽しい大人の時間
素敵《すてき》な夢をこのサーカスで
日々の嫌《いや》なことすべて忘れて
同じ時間を分け合おう
明日の朝には皆笑顔《みなえがお》

陽気なアコーディオンの音に合わせて歌が聞こえてくる。

そのノスタルジックでワクワクするような調べに、純は思わずそちらに歩み寄りかける。

そして「危ない危ない」と気づき、涼牙に連絡を入れる。彼はサーカス発見の報を聞くと、すぐに来ると意気込んだ。

純はサーカスのチケットカウンター前に立つ。

と。

湿度《しつど》を含んだぬるい風が吹《ふ》いてきた。そのムッとする奇怪《きかい》な熱に振《ふ》り返《かえ》ると、背後にピエロが立っていた。

「うわ！」

純が驚くと、ピエロは笑う。

「HAHAHAHAHAHA！」

真っ赤に裂《さ》けたような口。顔面は白塗《しろぬ》り。左目に涙《なみだ》を模した青のしずく。さらに重力に逆らって上に落ちる涙も描かれている。オレンジの髪が後ろになでつけられていた。

「本日最初のお客さん！　だが、まだチケットは売ってないんだ」

ピエロ恐怖症《きょうふしょう》というものがある。

それも納得できるところがある。

顔のつくりが誇張《こちょう》されており、表情が必要以上に読み取れる。

その動きもふざけているというより、人間以外の生物に近いように見える。

服装は水玉に左右色違《いろちが》いの赤青スーツ。ダボッとしたスーツでないところがまた恐怖《きょうふ》を加速させる。

「え、ええと……いつチケットを売るんです？」

純は怯《おび》えながらも平静を装って聞いた。

するとピエロはゆったりとした動きでお辞儀《じぎ》をした。

「挨拶《あいさつ》がまだだった！　私は本サーカス代表のユメ。夢が名前だよ」

「ユメ……さん？」

「そう。グッドドリーム！　バッドドリーム！　素敵な夢さ」

そしてユメは語りはじめた。

ピエロらしい大仰《おおぎょう》なフリがついている。

「ここは大きな子供のためのサーカスだよ！　日々の疲《つか》れをとり、醒《さ》めないユメを見られるイカした娯楽《ごらく》の殿堂《でんどう》さ！　だから、お客さんは一種類だけ。日々の生活に嫌気《いやけ》が差している人さ！」

「日々の生活に嫌気が差している人？」

「そう！　だから、君はお客さんじゃあないんだ。君はまだ生活に満足しているね。ここは、仕事がつまらなかったり、恋《こい》をしていなかったり、日々虐《しいた》げられていたりする人のためのものだよ。ここが逃《に》げ場所《ばしょ》なんだ。素敵な逃げ場所さ」

甲高《かんだか》い声でユメは言った。

その声と大仰な態度が、不発弾《ふはつだん》を目の前にしたような危険を純に感じさせていた。

「逃げ場所……入ったら、出られないとか？」

できるだけ冗談《じょうだん》に聞こえるように声のトーンを調整したはずだが、失敗した。恐怖が声にもろに出ていた。

ユメは笑う。

「ＨＡＨＡＨＡＨＡ！　心配ないよ！　やがて日常に帰るための場所さ！　それに安心して。君は入れないって言ったじゃないか！」

「そ、そうですよね……！」

つられて純も笑う。

が、ピタリとユメは笑うのをやめた。

真顔で、声のトーンを下げる。

「笑うな」

「ひ……！」

純は恐怖にすくむ。

が、ユメは再び笑いだした。

「ＨＡＨＡ！　怖がらないで。笑うと、こうなるって言いたいのさ」

「こうなる」のところで、ユメは手を振った。すると、どこから出現したものかシルクハットがその手の中にある。赤と青の派手な色のものだ。

「こうなる……？」

純が疑問を口にすると、ユメはシルクハットに手を突っ込んだ。

手品師がする仕草だ。

ユメが、ぬう、と中から引きずり出したのは、人間の生首だった。

「きゃああああ！」

純は悲鳴をあげる。

その生首は、どう見ても涼牙のもので、しかも、殴《なぐ》られ、ボロボロに傷ついていたのだ。

純は完全に色を失ってしまって、うろたえ、立ち尽《つ》くすしかなかった。

と、そこに派手なエンジン音が響《ひび》く。

涼牙のフェラーリだ。

真っ赤な車がサーカスのテント前の路上に駐まり、中から涼牙が飛び出してくる。

彼は生きていた。首もその身体につながっている。勢いよく走って来ている。健康そのものだ。

「あ、あれ……え？　え？」

純は戸惑《とまど》う。

彼女から見ると涼牙が二人になったように見える。

「これは、彼がやがてそうなってしまうであろう姿だよ」

ユメはそう言って、涼牙の生首をまたシルクハットにしまいこんだ。

涼牙が自らの生首を見たかどうかはわからない。

が、純をピエロが脅《おど》かしているということだけはわかったらしい。

走ってきて、怒鳴る。

「何をしてやがる！　営業許可はないはずだぞ！」

「HAHAHA！　キミもお友だちじゃないんだね！　営業許可なんて世知辛《せちがら》いものは夢のサーカスにはふさわしくないいんだよ！」

ユメは嘲笑《あざわら》った。

再びシルクハットに手を入れる。が、そこから出てきた手には何も握《にぎ》られていない。

そして、中には何も入っていないと見せつけるようにシルクハットを回転させ、その奥《おく》を純と涼牙に正対させる。

思わず覗《のぞ》き込んでしまったシルクハットの奥には、何もなかった。

ただ、何もなさすぎた。

「え！」

純が気づいた。

シルクハットの奥に宇宙がある！

星空の映像が底に映っているのではない。

本当にそこに宇宙があるのだ。
純はそれに吸い込まれるような気分になった。
目が宇宙に吸い付けられ、視界がすべて黒くなる。
無限の空間に漂《ただよ》っているかのような恐怖！
身体は浮遊《ふゆう》し、どこにもいけない。
いや、自分は全周すべての方向に向かって落下しているのだ！
「あああ！」
声をあげる。
目を閉じた。
そして開く。
何もなかった。
いや、宇宙の何もなさではない。
そこにピエロはおらず、テントもなかった。
ただの空き地に涼牙と二人で立っているだけだ。
「え？　え？　え？」
不可思議な体験をしたのは涼牙も同じようで、テントのあった空間で左右を見回しているばかりだ。

「一体何があったんでしょう？」

「くそ、幻覚《げんかく》を見せられたってことか」

涼牙は悔《くや》しげに両手を打ち合わせた。

コンビニ前の広大な空き地の入り口に二人で立ち尽くしているだけだ。こころなしか頭もぼんやりする。それは涼牙も同じようで、目を閉じて目頭《めがしら》をおさえていた。

そのため、接近してくる者に二人とも気づかなかった。

ブン、と風を切る音がする。

と、涼牙の顔面に木刀が迫《せま》っていた。

「うわ！」

避《よ》けられなかった。

鈍《にぶ》い音がした。涼牙の顔面に木刀の側面が命中していた。

涼牙はぐらつく。

そこに、二撃、三撃。

「涼牙さん！」

ようやく純は何が起こっているのかを把握した。

殴っているのは若い女性である。高校生から大学生くらいか。セミロングの黒髪《くろかみ》で、ブラウスにジーンズ姿。ぱっと見ただけでは個人を特定することすら難しい、どこにでもいる若い女性だ。

そんな女性が、どういうわけか殺意をあらわにして、偉丈夫《いじようふ》である涼牙を木刀で殴っているのである。

涼牙の身体が地面に倒《たお》れる。

すると、若い女性は木刀を持ったまま逃げ出した。

「くっ……」

さすがの涼牙も逃げる女性を追うことはできなかった。血が目に入っている。

それでも、深手というほどでない様子だったのは、女性の力で殴られたからだろう。大人の男性からのものであれば、生きていられなかったかもしれない。

「大丈……」

涼牙に駆《か》け寄《よ》った純は絶句した。

殴られた涼牙の顔面は、段々と腫《は》れ上《あ》がってきて、ピエロのユメに見せられたあの生首と寸分たがわぬ姿になっていたからである。

「いてぇ……」

すぐ近くに見つかった薬局で、消毒液とガーゼだけを買い、フェラーリの車内で腫れ上がった涼牙の顔を治療《ちりょう》する。

「眼底も鼻も骨折してないし、歯も折れてない。まぁ、女性の力でたすかったよ」

「私からはぼんやりとしか顔が見えなかったですけれど、あれは問題の妹さんでしたか？」

純は聞いた。

勝門が、妹が殺人を犯《おか》しているかもしれないと依頼してきたのが、そもそもの事件のはじまりである。

「見ていた写真とは顔が違《ちが》う。それに明るい時間から出てきたぜ」

涼牙は腕時計《うでどけい》に目をやる。

サーカスが出現したのは夕方で、宇宙の幻覚を見せられてから通りすがりの者に殴打《おうだ》されるというスラップスティックで悪い夢のような仕打ちを受けてから時間はそれほど経《た》っていなかった。今は夜の七時だ。

「でも、通行人は彼女以外見なかった……」

純はフェラーリの窓の外を見てみる。今は普通《ふつう》に通行人が見える。

先程《さきほど》まではすべてが幻覚だったということなのだろうか？　だが、涼牙の傷は本物だ。

「ともあれ、今日は帰って、妹さんのことを確認しておきます」

「ああ、純ちゃんには怪我《けが》がなくてよかった」

「あれって、抵抗《ていこう》できたんじゃないんですか？」

「女性は殴らない主義なんだ」

涼牙は言った。

○

純は帰宅してから、勝門にメールを入れる。折り返し電話が入ってくる。

「先生、実は電話しようと思っていたところなんですよ」

「どうかしましたか？」

「すいません、まず謝《あやま》らないと。妹をつけたんです。危ないと言われていたのに」

「そういうことは駄目《だめ》ですよ。襲《おそ》われることもあるんですよ」

「すいません。でも、大丈夫《だいじょうぶ》でした。妹は弥勒《みろく》鎌倉大学の図書館に行ったんです」

「大学図書館に行った？　それだけなら普通のことだと思いますが」

純が当然の疑問を口にする。

「ええ。でも、妹は本なんか興味ないタイプでした。それなのに、行ったのは、奥の閉架《へいか》だったんです。閲覧《えつらん》の番号をなんとか聞き出すことができたので、自分も読んでみたんですが、古文書でした。この鎌倉の土地の伝承をまとめたものです」

勝門の声がやや沈《しず》む。

「どうしたんです？」

「いえ、怖《こわ》くて……。妹が調べていたのは、狐憑《きつねつ》きの伝説でした。実際に古文書のコピーを見てほしいんですが……」

そう言って、勝門はコピーをスマートフォンで撮影《さつえい》したものをメールで送ってきた。

純はそれを見て、薄気味悪《うすきみわる》さを感じたが、同時に驚愕《きょうがく》してもいた。

そこには写真でみた勝門の妹、平恵《たいらめぐみ》を戯画化《ぎがか》したような人物が、奇怪な箱を握って一般《いっぱん》市民を襲っている図が描かれていたからだ。

「な、なんでしょう、これ……」

「僕が見ても妹に見えます」

勝門が恐怖に声を震《ふる》わせていた。

古文書に妹の姿が描かれているとは！

鎌倉時代の伝承を集めた本の写本らしい。絵はそれほど写実的ではないが、明らかに恵とわかる女性が、アンテナ様のものが生えた箱を持って走っている。一般市民たちには、その箱が恐《おそ》ろしいようで、狂乱《きょうらん》し、逃げ回っている様子が描写《びょうしゃ》されていた。

絵の解説らしき文章もある。これは狐憑きによる騒動《そうどう》とされ、起こった場所と年代が付記されていた。

「この狐憑き騒動はやがて収まった……」

純は文字を声に出して読んだ。

奇怪だ。

だが、精神が変容して他者を襲い出すというのは、今回の件と合致《がっち》する。

「あまりに今のことに似ていて、これからこうなるんじゃないかと……」

勝門の不安な声がする。

当然だった。

純でさえ不安に感じているのだから。

「と、とりあえず、もう妹さんを追跡《ついせき》するのはやめてね。こうなると、私が妹さんに会ってみる必要があるでしょうけど、妹さんと約束できます？」

恵は夜以外は自宅にいるらしい。明日、訪問することにして、なんとか勝門をなだめる。

「専門家を連れていきますので、軽率《けいそつ》な行動は謹《つつし》んでくださいね」

純はそう言って、電話を切った。

専門家。

偃月しかいない。

「サーカスの件では動くが、そちらは別件だ。働きはするが、料金はもらう」

翌日、店で事情を話すと偃月はさほど表情を動かさずに言った。

どれほどのお金が必要なのかわからず怖くなったが、純としては有料でも働いてくれるのはありがたい。

「カウンセリング代をそのままお支払《しはら》いします」

純は出せる最高額を約束した。

すると偃月は額を聞かずに、ひとつうなずいた。

純は安心し、勝門に偃月のことを説明しようと、その場で電話を入れる。

数コールもせずに、勝門の慌《あわ》てた声が返ってきた。

「妹が……夜中に出て行ったきり、帰ってこないんです！」

急なことに純は慌てるが、とりあえず勝門に電話を切らずに待つように言うと、隣《となり》にいた偃月に相談する。

すると、すべての事情を理解しているかのように偃月は言った。

「こちらで捜《さが》そう」

頼《たの》もしいことだが、純としては偃月の底知れなさに驚《おどろ》く他ない。

「だ、大丈夫。こちらで捜します。もし帰ってきたら連絡くださいね」

純はそう言って電話を切り、偃月に聞く。

「心当たり、あるんですか？」

「いや。ただ、今回の件、いわゆる狐憑きについては原因のあたりはつく。偉大《いだい》なる種族というやつだろう」

偃月は言った。

「偉大なる種族……？」

「イスという銀河より、恐竜《きようりゆう》時代よりも古い地球にやってきた異星人だ」

「え……」

あまりの荒唐無稽《こうとうむけい》さに純は絶句する。

が、偃月の美貌《びぼう》は少しもほころばない。冗談で言っているのではないようだ。

純としては偃月の狂気《きようき》を心配するが、そのまま彼は説明を続けた。

「彼らは精神のみを時空を超《こ》えて投射することに成功している。精神のみを太古の生物に寄生させることで生存したのだ。人間に喩《たと》えるなら、コンピュータに精神をアップロードする技術が存在したとしよう。そうすれば、コンピュータ内の世界は空間の距離《きょり》もほぼなく、あらゆるものに精神を宿せることになる。そして、偉大なる種族にとって、世界はコンピュータシミュレーションに過ぎないわけだ」

「精神だけを……」

純にも漠然《ばくぜん》としかわからないが、どうやら筋は通っているようだと思えてきた。偃月の説明が的確なのか、あるいはここのところの異界事件続きで、すっかり怪異《かいい》に馴染《なじ》んでしまっていたのか。

「彼らは各時代に飛んで、知識を集積することだけを目的に動いている。基本的には観察者なのだ。今回は、それが計算違いを起こしたか、サーカスによって狂《くる》わされたかしたのだろう。保護する必要がある。そして、彼らに恵さんを解放してもらう」

偃月は宇宙規模の怪異からとたんに地に足のついたことを言った。

純は考えについていくのに戸惑ったが、ここは偃月の言う通りにする他ない。

「わかりました。とりあえず恵さんを捜さないと……」

「涼牙は……そうか、静養中だったな。こういう時に適任の人間がいないとは」

偃月は純に車の運転を頼むと、杖《つえ》をついて立ち上がった。

純は自らの軽自動車に乗り込んでハンドルを握ったものの、どこを目指してよいのか聞いていなかったことに気づいた。

「……そういえば、どこに行くんです？」

「偉大なる種族は記録と怪異、知識を好む。鎌倉なら寺社、江《え》ノ島《しま》、図書館というところだ。まずは有名寺社から回ろう」

そして長谷寺《はせでら》からはじまる寺社巡《めぐ》りコースを偃月は指示した。

長谷寺、鶴岡八幡宮《つるがおかはちまんぐう》、妙隆寺《みょうりゅうじ》、と巡っていく。

その都度、妹の恵の姿を捜してはいるものの、見つからなければただのデートだな、と純は思い、偃月の美しい顔を横目で見やる。その存在の底知れなさはともかく、外見だけなら大変に魅力的《みりょくてき》だ。

——一切《いっさい》そういう情緒《じょうちょ》ないけどね……。

しかし、偃月の表情は妙齢《みょうれい》の女性と歩いているにしては淡々《たんたん》としすぎていた。

おまけにやっていることといえば、高速で寺社を巡って一周して出ていくだけである。

杖をついている偃月の歩みが遅いおかげで時間こそかかっているが、有り難《あがた》みは薄《うす》い。

「情緒など必要ないだろうに」

偃月は言った。

純はぎょっとする。

心を読まれていたのか、と怯えるが、すぐに偃月が言った。

「つまらなそうにしているのが顔に出ている。もっと周囲に注意を配るべきだ」

「そ、そうですねー」

――なんだ、そういうことか。

純はホッとする。

が、偃月が少し考え込んだ後、意外なことを言った。

「うむ。そうだな、もう少し情緒を出していかなくてはな」

――え？　まさか、デートらしいことをしてくれるってこと？

その純の期待虚《むな》しく、偃月は提案する。

「面白《おもしろ》みのあるところでないと偉大なる種族も興味を示さないだろう。心霊《しんれい》スポットに行ってみるのがいい」

さすがに純もがっくりと肩《かた》を落とす。

「ん？　どうした？」

「いえ、それこそ情緒がない……いや、あるっちゃあるんですけどね」

「君も心霊スポットは詳《くわ》しいだろう。それに、君は怪異に好かれている。その君が面白くないと思うところは、偉大なる種族も興味を示さないに違いない」

「そういうことですか」

妙《みょう》に納得《なっとく》してしまった純である。

そう思ってみると、現金なもので沈んだ心が浮き立ちはじめるのを感じる。

意外なほどに偃月は自分のことを把握《はあく》してくれているのだ。

「じゃあ、まずは腹切りやぐらですね！」

純は断言した。

腹切りやぐら。

鎌倉幕府滅亡《めつぼう》の地である。

倒幕《とうばく》軍により追《お》い詰《つ》められた北条高時《ほうじょうたかとき》ら数百人が自害した場所だ。

現在は法戎寺《ほうかいじ》となっている北条屋敷跡《やしきあと》の裏山で、やぐらとはいうが、ほんの少しのくぼみに卒塔婆《そとば》と石塔《せきとう》が立っているのみである。

しかし、心霊スポットとしては伝統がある。なにしろ室町《むろまち》時代からずっと呪《のろ》いの場所として慰霊《いれい》され続けてきているのだから。

東勝寺《とうしょうじ》方面から木々が深い無人の住宅地を抜《ぬ》け、人気《ひとけ》のないかつてのハイキングコースに入る。周囲は寂《さび》れてしまっており、林の手入れはされておらず、道も完全な山道になってしまっていた。距離が近いと知っていなければ入るのを断念したであろう、鬱蒼《うっそう》とした茂《しげ》みに向かっていかねばならなかった。

それでも成果はあった。

前方に腹切りやぐらの見えた頃《ころ》、そこにひとりの女が縛《しば》られて倒れていた。

「あっ！」

思わず純は声をあげる。

と、その声に反応して視界に飛び込んできた、もうひとりの女性の姿があった。

その顔には見覚えがあった。

写真で知っていた平恵である。

「え……じゃあ……」

縛られている女を見る。はっきりとは覚えていないが、それは先日、涼牙を襲った若い女であるようだった。

「ど、どういう……」

純は困惑《こんわく》する。

恵は手に、あの古文書に描かれていた奇妙《きみょう》な機械を持っていた。

しまった、と純は身体を固くする。出会《であ》い頭《がしら》だったとはいえ、相手に気づかれてしまったのはまずかったかもしれない。

が、どうやら恵の側も困惑しているようだった。

「見つかったか……だわ」

恵は無機質に言ったが、最後の「だわ」だけ妙な感情の込め方をしていた。まさにとってつけたような口調とはこのことだろう。

それは人間でない存在が人間のフリをしているかのようだった。

兄の勝門が妹の様子がおかしいと言っていた意味を純は知った。

じんわり脳に来る違和感《いわかん》。

「だが敵意はない……じゃん」

恵でない何かは続けた。

外見は確かに恵だが、表情すら作り慣れていないかのように妙にちぐはぐで、顔の筋肉を動かし慣れていないとでもいうようだった。身体の使い方も同様で、こちらに歩み寄ってきたが、その動きはそれとわかるほどにぎこちない。手と頭が足と連動していない。そのため歩行速度は速いのに、手と頭は揺《ゆ》れるに任せて前後に動いているだけだ。

「ひ！」

純は怯えて偃月にすがりつく。

恵が持っていた奇妙な機械を突《つ》き出してくる。

よく見ると、スマートフォンに大型のケースとアンテナがついているもので、DIYで作ったいい加減なもののようだ。だが、突きつけられると武器のようにも見えてくる。

「やめてくれ。彼女《かのじょ》が怯えている」

偃月がまるで動揺《どうよう》していない声で静かに言った。

その冷静さに驚いたかどうかはわからないが、意外にも恵に似たなにかは素直《すなお》に動きを止めた。

「よかろう、ね」

そして二人は正面から向かい合った。双方とも無表情だが、通常の人間のそれではないため、異常な緊張感《きんちょうかん》に満ちている。

恵に似たそれが、偃月に向かって機械を構えたまま先に口を開いた。

「お前、この世のものではないな。何者だ、ろう」

純は困惑する。

偃月は確かにこの世のものでない美貌と力、不思議な力を持っているが、人間には違いあるまい。

そもそも今、異常なのはどちらかといえば恵の方であり、偃月の方に話を逸《そ》らしている場合ではない。

しかし、偃月はそれを否定しなかった。

「半分はな」

その話はそれで終わった。偃月は言う。

「その若い女性の身体を解放してほしい。彼女の兄はもう感づいているぞ」

少し考えるような間があって、恵に似たなにかは答える。

「断る。まだ仕事が終わっていない、の。仕事が終わり次第《しだい》、解放する、さ」

「仕事とは、情報の収集か？」

「それもある、ね。だが、それだけなら解放もしよう。仕事とはこれだ、ぞ」

そう言って指さしたのは、縛られて転がっている女性だ。

「彼女に何をしている？」

「その女性は犠牲者《ぎせいしゃ》だ、な。だが迷惑《めいわく》な犠牲者なの、だ。彼女は過去に精神を送っている、じゃん。我々と同じように」

衝撃的《しょうげきてき》な言葉だった。が、純は事前に偃月より聞いていたために内容に納得した。

「私はあなた方を偉大なる種族と呼んでいる。彼女はあなたたちの種族の反乱者なのか？」

偃月は聞いた。

「違う、とも。人間のうち時空を守る猟犬《りょうけん》の目を逃《のが》れ、過去へと精神を飛ばす魔術《まじゅつ》を会得《えとく》した者が出現したのだ。我々は過去においてそれに気づき、対象となる時代に私を送った、とも。私は過去に送った精神を現代に戻《もど》し、その原因を探している、よ」

「では、殺してはいない？」

「抵抗され、血を流したことはあるが、殺してはいない、よ。我らの処置により、精神はやがて戻る。気を失うだけだ、ね」

それからも偃月は質問を続け、偉大なる種族は根気よく、あるいは根気という概念《がいねん》すらないのかもしれないと思えるほど淡々と答えた。

それによると、サーカスにより過去に精神を送った人間は、心霊スポットの浮遊霊《ふゆうれい》に空になった肉体を任せておき、過去において歴史改変や単なるレジャーといった楽しみを享受《きょうじゅ》しているのだという。

偉大なる種族は過去と未来をすべて知り尽くしているというわけではないらしい。彼《かれ》らによれば、彼らが観測した事実しか歴史には固定されないのだそうだ。観測効果というやつだ。彼らが蓄積《ちくせき》した知識によって時代が確定する。それ以外の時代は、その時代の知性が観測したものだけが、その時代においてのみ共有されるのだという。

「だから我々は積極的な歴史介入《かいにゅう》を許さない、さ。原因を探し、それを絶《た》つ」

偉大なる種族は言った。

なるほど、彼らといえど、全能ではないということなのだ。

「今回は精神を引き戻す前に縛ることができた。これから精神を戻し、尋問《じんもん》する、とも」

偉大なる種族は、縛った女性を指さした。

すでに除霊《じょれい》はされているらしく、気を失っていた。

「尋問？」

純が疑問を口にする暇《ひま》もなかった。

偉大なる種族は、手にしていた改造スマートフォンとしか言いようのない機械のアンテナを縛った女性に向け、スイッチをいれていた。

電気の青白いスパークが彼女に向かってはしった。

彼女は身体をびくんとさせたが、すぐに眠《ねむ》りから覚めたように周囲を見回す。

偉大なる種族は彼女の猿《さる》ぐつわをはずした。

「え……え！　ちょっとなに！　あんたら何！」

女性は自分が置かれている状況《じょうきょう》に気づくと、じたばたと身体を動かしはじめた。だが、縛られているため、本格的には抵抗できない。

「あなたがどうやって過去に行ったのか、話してもらう、ぞ」

偉大なる種族は言った。

「何なのあんた！　何も話さないに決まってるじゃん！」

縛られた女性はわめき、身をよじらせる。

「話さなければ、精神を解放する、ぞ」

精神を解放するという言葉の意味はわからないが、死を連想させるのは明らかだ。

縛られた女性は悲鳴をあげて逃げようとするが、果たせない。

純は、さすがに助け船を出すべきだと思う。

――普通の人ときちんと話せるの、この場では私だけなんじゃ……。

縛られた女性は普通の人間の反応をしていた。偉大なる種族と偃月ではやはり交渉《こうしょう》など無理だろう。

「待って、話させて」

純が言うと、偉大なる種族は無言で応じた。

女性の脇《わき》にしゃがみ込み、純は語りはじめる。

「あなた、サーカスで何かあった？」

言われた女性は、話が通じそうな相手の出現にホッとしたのか、安心した顔で純を見た。

期せずして〝良い警官、悪い警官メソッド〟が成立していた。暴力的で話が通じない尋《じん》問者《もんしゃ》の後、親切で話のわかる対話者を送り込むことで、話を聞き出すテクニックだ。この場合、純が〝良い警官〟だ。

「さ、サーカスだってわかってるなら、脅かすことなかったじゃん！」

「そうね。あの人は対話が少し苦手だから、脅かしたかもしれないけれど、話せば何もすることはないわ。サーカスで何があったの？」

純は優《やさ》しく言った。

「ひ……秘密ってことになってるから」

女性は顔をそらした。

「そうね。秘密を守らないといけないのはわかる。中で何があったかとかは話さない約束になっているんでしょうね。でも、話して欲《ほ》しい。あなた、私の友達を木刀で襲ったとき、記憶《きおく》はあった？」

純がそう聞くと、女性は驚いて目を見開いた。

「そ、そんなことがあったの？」

「記憶は無かったのね。それについて責めるつもりはないけど、あなたが精神をどこかに送られている間、身体を好きに使われていたの。そういう相手との約束を守る必要があるのかしら？」

純は静かに言った。

彼女の意外なネゴシエート能力に、偃月が「ほう」と目を見開く。

女性は話しはじめた。

「そこまでわかってるのなら、聞く必要ないじゃん！　で、どこまでわかってるの？」

「あなたたちの精神が過去に飛ばされ、それをやったのが不思議なサーカスだってことくらいね。あの話が通じそうにない人は、精神体のタイムパトロールみたいなものだと思えばいいわ。あの子の本体もいまは精神が乗っ取られているの」

「……そういうことなのか。それで、聞きたいことはなに？」

女性は諦《あきら》めたように聞く。

純は偉大なる種族の方を振《ふ》り返《かえ》った。

「サーカスの主催者《しゅさいしゃ》の居場所が必要だ、ろ。どうやって被害者《ひがいしゃ》を集めているのか、も」

「その答えなら、どちらもわからない、ね。だって、サーカスはいきなり現れて、翌日にはもういない。でも、噂話《うわさばなし》では知られている。暮らしにくい人のところに現れて、救ってくれるって。実際、そうだった。空き地にいきなり現れて、ピエロの言う通りに不思議なサーカスを見たら、過去に飛ばされてた。楽しかったわ。なんにも縛られない暮らし。それに現地の人はものを知らないから、私の知識をありがたがってくれたわ。ねぇ、タイムパトロールなら、もう一度戻してよ。あっちで一生を過ごすことになっても構わないんだから」

「それはできない」

すげなく偉大なる種族は断る。

と、落胆《らくたん》とともに、もう過去に戻れないと気づいた若い女性はうろたえた。

「え？　じゃあ、もう過去には？　あの世界に戻れないの？　帰して！　帰してよ！」

その態度に、純は思わず目をそらす。

どの過去に行ったたか、数年か数ヶ月《すうかげつ》だったかは知らないが、そちらのほうが彼女にとっては過ごしやすかったということなのだろう。

だとしたら悲しい。

この時代の生活が虚しいものだったということが。

「サーカスの方法は不正だ。だが、君たちの種族もいずれその方法を手に入れることになる。それまで待てばいい」

偉大なる種族が言った。

「そんな気の長い話、待てるわけないじゃない！　戻して！　戻してよ！」

そう女性が叫《さけ》びはじめると、偉大なる種族は手元の改造スマートフォンを女性に向け、スイッチをいれた。

青白い電気が女性に向かってはしる。

バチッという音がして、女性は気を失った。

「ちょ、ちょっと！」

純が驚きに叫ぶ。

「気絶しているだけだ、ぞ。もう話は聞けそうにない」

偉大なる種族はロープを解《ほど》いた。それから近くに放置してあったスポーツバッグに歩み寄り、ロープと猿ぐつわを放り込む。そこに荷物がまとめてあった。

「結局、サーカスの出現日時はわからないままか」

偃月が言った。

「これまでは過去に行った者を戻していた、よ。原因へ行くのはこれからだ、ろ。やり方はわかっている」

偉大なる種族は言う。

「とあるホームページにメールを送ると返信がある、のだ。そこに公演日と場所が書いてある、わけ」

恐ろしく単純なしくみだ。

やはり純がサーカスと出会ったのは偶然《ぐうぜん》だったということなのだろう。

「だが、すべてに返信があるわけではないだろう」

偃月の疑問に、それももっともだと偉大なる種族はうなずく。

「もちろん平恵のメールアドレスで試《ため》している、た。だが、返信はなかった。この身体を選んだ理由はサーカスを見た者だからだ、ぞい。彼女が過去に来たことを知り、入《い》れ替《か》わった悪霊《あくりょう》を追い出し、この身体に入った」

「あ、ちょっとまって！　あなたたち、未来にも行ってるんでしょう？　それなら、サーカスは見つけられるんじゃないの？」

純が気づいた。

「各時代に行けるが、万能《ばんのう》ではない。以前にも説明した。君に理解できるかどうかわからないが、我々が観測した時代のみ、それが確定するのだ、よ。細部は各時代に行き、それを体験するまで未確定なのだ。未来において、この事件が解決することのみわかっている。いや、もしかしたら、失敗し、それが記録に残っていない可能性もある」

意味は漠然としかわからないが、そういうことらしいと納得することしか純にはできなかった。

「いずれにせよ、過去に行った者はすべて狩《か》った。あとは原因であるサーカスに関係した何かを探《さぐ》ればいいのだな」

　偃月が言った。

「そうだ」

「では、簡単だ。私が挑発《ちょうはつ》しよう」

「挑発？」

「サーカスのピエロは、おそらく因縁《いんねん》の相手だ。彼が過去に向かう魔術を会得したのは間《ま》違《ちが》いないだろう。私が挑発すれば、彼は動くと見た」

　偃月は言った。

〇

　偃月の言った挑発というのは、相当に派手なものだった。

　療養《りょうよう》――たった一日だった――が終わって店にやってきた涼牙に事情を話すと、なんと「サーカスを作ってくれないか」と願ったのである。

「サーカスとは派手だね」

　涼牙はその無茶《むちゃ》な要求にも乗り気であるらしい。

「サーカスを作る？」

純は戸惑《とまど》う他ない。

「サーカスを開演し、そこで今回はユメと名乗っているあのピエロを馬鹿《ばか》にする。ヤツはプライドが高い。その挑発に耐《た》えられるはずがなかろう」

偃月が説明する。

が、純が聞きたかったのは、そういう説明ではない。

「いや、そうじゃなくて、サーカスってほいほい作れるもんなんですか？」

「俺《おれ》ならできる。すでに開業しているサーカスを即時《そくじ》買収して、鎌倉でやればいい」

涼牙が請《う》け合《あ》った。

「なるほど……って、ええー！　買収！」

純が素でノリツッコミをしてしまう。

「俺はただの金持ちじゃなく、超《ちょう》金持ちなんだ」

涼牙が「わはは」と笑う。

「戦後に名前だけ変えられて解体されなかった旧財閥《きゅうざいばつ》の人間だ。趣味《しゅみ》で刑事《けいじ》をやっている」

偃月が解説する。

「趣味じゃない。正義と私怨《しえん》のためだ」

涼牙が胸を張る。

純は、それ以上は深く聞かないことにした。

が、それとは別に気になることはある。

「そうだ、あのピエロとは結局、どういう因縁なんです？　プライドが高いってことまで知ってるなんて」

「ヤツは混沌《こんとん》の邪神《じゃしん》の信者だ。邪神にもトリックスター的な者はいてな。彼はそれにかぶれて魔術を身につけた。私は以前、彼に魔術を教え、裏切られた。その際、一度、彼には負けている。復帰にしばらくかかった」

偃月は言った。

重々しく言ったわけではなかったが、純は衝撃《しょうげき》を受けてしまう。

「す、すいません……変なことを聞いて」

「いや。気にしていない。それよりサーカスだ。どのくらいでできる？」

「一週間だな！」

面白そうに涼牙は言った。

それから一週間は待機ということになった。

その間、純の家に居候《いそうろう》が増えることになる。

偉大なる種族である。

肉体の兄である勝門に連絡《れんらく》し、詳細《しょうさい》を隠《かく》しつつ、純の家で保護することに決めたとだけ伝える。連絡は一日一回いれることにして安心してもらい、その際には偉大なる種族にはこれまで同様——下手だが——芝居《しばい》をしてもらう。

ともかく、勝門は安心してくれたようだ。

「夜に戻ってきて報告する以外は、私はこれまで通り過ごしていいのです、な？」

偉大なる種族は言った。

「そうですけど、いつも以外の行動をする際には連絡してくださいね」

「それはどのよう、な？」

「すいません、言い方が悪かったです。過去から引き戻す対象がでた場合、連絡を入れてから行動してください。私も同行します」

「なるほど」

それから純はゆっくりと話を聞いた。

偉大なる種族は、依代《よりしろ》として平恵を選んだ。それは、過去に彼女がやってきて、偉大なる種族に協力したからららしいのだが、そう聞いてもやはりよくわからない。過去に行ったのが先か、協力したから過去に行けるようになったのが先か？　タイムパラドックスというやつで、どうにも混乱してしまう。

「古文書には恵さんによく似た人が描《えが》かれていたようですけれど？」

「それは過去に行った際に身体を借りた平恵の先祖、だ。親族だけに顔が似ていたということだろう、な。ともかく恵によりサーカスを観賞することができた、わけ。対象者の人定ができた、のだ。過去に飛んで、過去を改変しようとしてしまう者たちの顔を認識《にんしき》し、それを次々に元の時代に戻していった、ぞ。サーカスが新たに公演を行わなければ、もう被害者は増えまい。現在では、噂《うわさ》が流れている。サーカスに行った者が次々襲《おそ》われ、予告されていた公演が中止になった、と」

偉大なる種族はスマートフォンで恵の学校関係の掲示板《けいじばん》を見せる。そこにサーカスの噂が流れている。

「サーカスの評判は順調に落ちているってわけね」

「新たな公演はやりにくかろう、な」

偉大なる種族は言った。

そんなわけで、公演は行われず、一週間が過ぎた。

そして、涼牙のサーカスがやってきた。

場所は純と涼牙が襲われたモノレールの駅前だ。さすがに挑発的《ちょうはつてき》である。

こちらは本格的なサーカスだった。

テントは巨大《きょだい》で、急造ながら門とチケットセンター、野外トイレと駐車場《ちゅうしゃじょう》が併設《へいせつ》。ピエロは常に外で客引きをし、楽しい音楽が流れている。

「これは……すごいですね」

招待されてやってきた純は驚く。偉大なる種族も一緒《いっしょ》だ。

「こういう文化もあるのだ、な。興味深い、ぞ。欧州《おうしゅう》のそれと日本独自のものが合成されているの、か」

「自分が褒《ほ》められたみたいで嬉《うれ》しいな」

涼牙は言った。

ピエロの格好をしている。えらくガタイの良いピエロだが、動きはなかなか様になっている。

「一週間もなかったが、本物のピエロから指導を受けたんだ。パントマイムが少しできるようになったぜ」

涼牙はパントマイム定番の見えない壁《かべ》をやってみせる。

偃月もそれを褒めた。

「それはいいな。ヤツはトリックスター信仰《しんこう》としてピエロにあこがれてはいるが、本格的な訓練は受けていない。嫉妬《しっと》することだろう」

涼牙と偃月は目を合わせてニヤリとした。

そして、公演がはじまった。

純はサーカスを見るのがはじめてだった。

公演は、純サーカス、とでもいうべきもので、ジャグリングにはじまり、肉体を使った芸が続くものだ。

客席に、偃月、偉大なる種族とともに座《すわ》り、涼牙は外で客引きと警戒《けいかい》をするという手はず。この際というわけではないが、純としてはサーカスを楽しむつもりでいた。

ジャグリングからオートバイショーへとサーカスは続く。上手《うま》くいった演技でさえ飽《あ》きる前に別の演技へと変化させてしまい、ときおり失敗したかと思わせておいて予想を上回るリカバリーを見せる。

プロのサーカスが客の興味を繋《つな》ぎ止《と》めておく能力はすごいもので、純だけでなく、偉大なる種族まで「ほう」とか「楽しい」などと口に出していたほどだった。

「ここまでできる人たちが、サーカス業界以外では有名じゃないなんて」

純は驚きを口にする。

「だからこそ、ヤツが嫉妬するのさ」

偃月は言った。

幕間《まくあい》の時間になり、ピエロのショーがはじまった。

この手のショーは、もとよりひどい目に遭《あ》うピエロがいるものだが、今回のショーにおいて、それは赤青二色のスーツ姿にオレンジ髪《がみ》のピエロ。完全にユメを意識したスタイルだった。

偽ユメがいたずらを仕《し》掛《か》けようとするが、それがうまくいかず、自分の仕掛けた罠《わな》にハマっていくタイプのギャグで笑いを誘《さそ》う。通常なら、このピエロが最後に逆転して勝利するが、このショーにおいてはそれすらない。

「挑発してますね」

純が面白そうに言うと、偃月は純のスマートフォンを見ろという。

確認《かくにん》してみると、ＳＮＳのこのサーカスのアカウントに、このピエロ芝居の動画がそっくり公開されている。

尊敬し、憧《あこが》れている人々によって、このような仕打ちを受けるのは屈辱《くつじょく》だろう。芝居の技量を無駄《むだ》に使っているようにも思えるだろうし、要求されたからといって乗っかっているサーカスにも腹が立つことだろう。

「これは……効きますね」

純は思わず真顔になって言った。

それからいくつかの演目の後、サーカスは最高潮を迎《むか》え、クライマックスの空中ブランコへとなだれ込む。

このサーカスはMCがなく、音楽で演技の意味を伝え、盛り上がりを支えている。

観客の目が上方に固定される。

空中ブランコを演じる男性軽業師《かるわざし》はいとも簡単に次々と見事な回転を決め、宙を舞《ま》う女性軽業師を受け止める。見事な技であった。偃月すらも上方を見ていたほどだった。

音楽が最高潮の盛り上がりを告げ、空中ブランコの終幕とともにその日のサーカスの終わりとなった。

どうやら本日は公演中にユメがやってくることはなかったらしい。

サーカスは閉幕し、客が帰りだす。

偃月らは下に降り、座長等《ら》に挨拶《あいさつ》をする。公演はユメを挑発する目的とは別に、通常の利益を出す必要もあるので、この先も一週間ほど続くのだ。

「そうだ、涼牙さんは……」

純がテントの入り口の方を見る。

その時、ちょうど涼牙がピエロ姿のまま中に入ってくるところだった。外で客の呼び込みと監視《かんし》をしていたのだ。

座長は今回の企画者《きかくしゃ》を労《ねぎら》おうと両手を広げて迎え入れようとするが、偃月が「いや」と、やってきた涼牙に対して警戒心《けいかいしん》を露《あら》わにした。

「まさか……」

純が驚《おどろ》く。

「うむ、やられた、ぞ」

偉大《いだい》なる種族が肯定《こうてい》した。

涼牙はいつもの表情をしていなかった。

皮肉めいた笑《え》みと、怒《いか》りの入り混じった表情がピエロメイクの上からでもわかる。

関係者しか中にいないテントを、ゆっくりと中央へ向かって歩いてくる。

「テントには我々だけだよ。もう外からは入れないようにしたからね」

涼牙、いや、ユメは言った。

声こそ涼牙だが、その口調はまったく涼牙のものではない。

純は呼びかけたが、返ってきたのは嘲笑《ちょうしょう》だった。

「HAHAHA！　彼の精神はもう過去に飛ばしたよ。今頃《いまごろ》は室町時代でよろしくやっていることだろうね」

ユメは笑う。

そして、ひとしきり笑ってから、残忍《ざんにん》な表情を見せた。

「久々だね、偃月。ここまで私を怒《おこ》らせたからには、もう覚悟《かくご》はできてるんだろう？」

「覚悟するのはそっちだ。涼牙に本格的に手を出したな」

偃月は答える。

その声はひどく冷たかった。

表情こそ変わっていないが、怒りが相当なものだということがわかる。

「HAHAHA！　醒《さ》めない悪夢を見せてやるよ！　バッドドリーム！」

ユメが叫んだ。

それと同時に、サーカスのテントが消失する。

「え？」

純が戸惑いの声をあげる。

以前、帽子《ぼうし》の中を見せられ、そこが宇宙だったことがあった。その時と同様の幻覚《げんかく》というわけだろう。

いま、宇宙空間が純の周囲全体に広がっている。

宇宙に純がひとりだけ浮《う》かんでいる。全方向にどこまでも落下していく感覚に気が遠くなっていく。

「これは幻覚だ」

そこに優しい声が響《ひび》いた。

偃月のものだ。

純の震《ふる》えていた心に温かいものが灯《とも》ったように感じる。

その言葉があったおかげで正気でいられる。

目を閉じ、開く。

すると、やはりそこはサーカスのテントの真ん中で、両足で地面を踏《ふ》みしめて立っているのだった。

純は横を見る。

サーカスの座長だけでなく、偉大なる種族までもが気絶し、地面に倒《たお》れていた。

偃月と純、そしてユメのみが立っている。

「自分が最も恐《おそ》れるものの幻覚を見せられた。ヤツの得意《とくい》技《わざ》だ」

偃月がつぶやく。

「座長はともかく、偉大なる種族まで気絶するなんて……」

「偉大なる種族が最も恐怖《きょうふ》するポリプ状幽体《ゆうたい》生物のビジョンを見せられたのだろう」

偃月はユメに向き直った。

「もう以前の私ではない。恐怖は克服《こくふく》した。さぁ、ツケを払《はら》ってもらう」

偃月は杖《つえ》を構えた。

杖の頭には宝石でできた瞳《ひとみ》が刻まれている。

『ロヤの目』と偃月は呼んでいた。

超常《ちょうじょう》的な力はおそらく相当なものなのだろう。それが怪物《かいぶつ》すら消失させたことを純は鮮烈《せんれつ》に記憶している。

その威力《いりょく》はユメにも周知のものだったらしい。

「ま、待ってくれ！　少し話をしようじゃないか！」

ユメは露骨《ろこつ》に狼狽《ろうばい》し、両手を前に突き出し後ずさる。

「話すことがあるのならな」

偃月は、その美しい顔で冷酷《れいこく》に言い放つ。

　ユメは必死に言葉を探し、言った。

「そ、そうだ、私が悪いことをしているってわけじゃないことをわかってもらいたい！」

「お前は悪を自認《じにん》している。それだけでいい」

「い、いやいやいや！　冷静に考えてくれ。私はこの時代が、この世界が嫌《いや》になってしまった人間に夢を見せているだけだぞ！　過去に精神を飛ばしているだけで何が悪い！　客は本当に感謝しているし、こちらの肉体だって悪霊が維持《いじ》してくれている。一定期間を過去で過ごせば帰ってくるんだぞ！」

「それがどうした」

「現代人の欲望を叶《かな》えているってだけだ。誰《だれ》だって過去に行って自分の知識や経験が役に立てば嬉しいし、珍《めずら》しがられることだって楽しい。それに、まったく過去に責任をとらなくていいんだ。帰りたくない者だっているくらいだ。彼らは楽しんでいるんだよ！　その何が悪いって言うんだ！」

「欲望は適切にコントロールされるべきだ。それが未熟な人間に無制限に欲望を叶えるすべを与《あた》えてはならない」

　偃月は正論を言い切った。

　そして、顔の正面に杖を構える。

ロヤの目がユメを視界に捉《とら》える。

ユメはピエロメイクからもはっきりわかるほどに顔面を汗《あせ》だらけにしていた。

しかし、次の瞬間《しゅんかん》には、強がりか、事実か、ひきつった笑みを浮かべて言った。

「いや、時間は稼《かせ》げた」

「なんだと？」

偃月は眉《まゆ》をピクリと吊《つ》り上《あ》げた。

ユメはひきつった笑みをだんだんと余裕《よゆう》の笑みに変えていく。

「私は過去に逃《に》げる！　では、さらば！」

そして、ユメ——涼牙の身体——は、ゆっくりと地面に崩《くず》れた。

「過去に精神のみ逃れたか」

偃月が苦々しい表情になる。

「涼牙さん！」

純が涼牙の身体に駆《か》け寄《よ》る。

涼牙は意識を取り戻し、「うう……」と呻《うめ》く。

「夢を見ていた……時代劇みたいな夢だった……あいつにやられたのか？」

歩み寄ってきた偃月がうなずく。

「やられた。お前のせいじゃない。魔術に抵抗《ていこう》できないのは一般人《いっぱんじん》として当たり前だ。私もヤツを逃してしまった」

「ちっ、これじゃあ振り出しじゃないか」

涼牙が地面に座り込み、拳《こぶし》を打ち付ける。

「いや、彼が逃げた時代はわかっている……」

すると、さきほど目覚めたらしい偉大なる種族が言った。

「え？」

純が聞き返す。どの時代のどこに逃げたかなどわかるはずもない。候補が多すぎる。

「古文書を調べたではないか。あの時代、あの場所なのだ。我々も追うぞ」

偉大なる種族は言った。

○

鎌倉は古都である。

それで助かった、というと妙《みょう》な言い方だが、そのおかげで景色の変化に戸惑わずにいられた部分もあるのは確かだろう、と純は思った。

すでに過去に来ている。

鎌倉時代と室町《むろまち》時代の間……くらいだそうだ。そう言われてもまったく実感はわかないが、それは純が過去の時代に抱《いだ》いていたイメージが白黒写真のそれであったり、水墨画《すいぼくが》のそれであるからだ。植物相はほぼ変わらないし、日本家屋も寺も、間近で見なければそう変わったものではない。専門家ならば見抜《みぬ》き、興奮できるだろうが、あいにく、純は違《ちが》う。

「過去に……来たんですよね？」

「そういうことだな」

答えたのは偃月である。

ただし、身体は隣《となり》に立っている見知らぬ男だ。

どうも自分の借りている身体とは夫婦《ふうふ》らしい。

その事実が頬《ほお》をやや染めさせるが、顔立ちは凡庸《ぼんよう》な男である。

和服に袴《はかま》、頭に烏帽子《えぼし》？　でいいのだろうか？　をかぶり、足元はわらじだ。

自分の服装も和服に脚絆《きゃはん》をつけた姿である。時代劇というより大河ドラマの戦国モノでしか見たことがない。

どうやら物売りの夫婦ということらしい。気がつくと、ここで立っていた。

ここ、といってもどこだろう？　いや、わかることはわかる。東勝寺の近くだ。あの腹切りやぐらがあったあたり。

時刻は、午後、であるということしかわからない。

と、そこに声をかけてくるものがあった。

純は警戒するが、その口調は偉大なる種族のものだった。

「しばらく待ちました、ぞ。会えてよかった」

偉大なる種族は女性の身体を借りていた。純と同じような格好をし、かごを頭に載せている。これも物売りの女性ということだろう。しかし、その顔には見覚えがあった。恵とそっくりなのである。以前に言っていた通り、その肉体は恵の先祖なのだろう。

「ざっと状況を説明する、とも」

手短に偉大なる種族が語ることには、もうすぐ鎌倉時代の終わりであり、戦乱が鎌倉にやってくるのだという。逃げたユメは、その少し前の時代にやってきて、戦争への不安を煽《あお》り、宗教のようなものを立ち上げて楽しんでいるのだそうだ。

「なんともとんでもないな」

素直《すなお》な感想を偃月は漏《も》らす。

実際、ろくでもない話だ。

「それで、どうやってユメを？」

純は聞いた。

「私も実はさらに過去に行っていました、さ。そして、これを作ってい、ました」

偉大なる種族は頭のかごを下ろした。そこにスマートフォンを改造して作ったのと同じく、二本のアンテナが突《つ》き出《で》た箱が入っている。

ただし、今度のものは木製で、大きい。

「電子部品がないので苦労した、が、主に磁石と銅線でできている。発電は手回し式で、一回しか使えない、ませんが、電気銃《じゅう》のようなものだと思ってもらえ、れば。命中すれば、ユメの霊体《れいたい》を身体から遊離《ゆうり》させることができる、ぞ。この時代で分離《ぶんり》した場合、元の時代には戻《もど》れず、ユメはしばらく霊体のままこの時代をただようことになる、でしょう」

理屈《りくつ》はわからないが、そういうものなのだと純は納得《なっとく》しておくことにした。

「こんなところで魔術《まじゅつ》戦争なんて……」

純がつぶやく。

と、その言葉を偃月が否定した。

「偉大なる種族は魔術を使わない。あれは科学なんだ。我々には理解できない高度なものだが。私とヤツは魔術を使う。もっとも、私はロヤの目がないから、限定的ではあるが」

「いずれにせよ、私には関係ない話ですね……」

純は軽く笑う。

が、次の偃月の言葉で純の笑いは凍《こお》りつく。

「関係はある。囮《おとり》をやってもらう」

「え？」

「ヤツの宗教団体を間違いだと告発する。狐憑《きつねつ》きだとでも言えばいい。そして教祖を引きずり出す」

「過去にユメが逃げた、は、返り討《う》ちにできると考えている、からだ、です。先程《さきほど》も言う、言った通り、過去で身体から遊離せし、した霊体は、元の肉体に容易には戻れない、ません。つまり過去に誘い込んで我々を消すつもり、です」

「命がけの勝負というわけだ」

「いやいやいや！　なんでそんな大事《おおごと》に私がついてきてるんです？　私、役には立ちませんよ！」

純が慌《あわ》てる。

「死なせはしない。何重かに手は打っておく。そして、君にしかできないことはある」

偃月は言った。

「私にしかできないこと？」

困惑《こんわく》しつつ純が聞く。

「信者を煽って教祖を引きずり出さなければならないし、ヤツの霊体を追い出した後にごまかす必要がある。話術だな」

偃月が説明した。

理屈は通っているが、納得できるわけでもない。

「でも、涼牙さんもいないし……」

「彼《かれ》は魔術と相性《あいしょう》が悪いんだ。こちらに連れてくるには危険だ」

「私は相性がいいってこと？」

「そうなる。今までも魔術の影響《えいきょう》は受けつつ、致命的《ちめいてき》なことにはなっていないからな」

「そういわれても……」

しかし、ここまで来てすぐに帰るというわけにもいかない。純は仕方なく、偃月らと打ち合わせて、いかに現地民を説得し、魔術合戦に持ち込むかを思案する。

夕暮れ前には動かねばならない。

日付がヒントとなった。実は、鎌倉はもうすぐ室町方の軍勢によって、由比ヶ浜《ゆいがはま》を突破《とっぱ》されて敗れるのだ。明日には戦乱がすぐそばに迫《せま》っている。今は鎌倉から室町へのターニングポイントにあたる数日なのだ。

「もちろんユメは世界が滅《ほろ》びるとか脅《おど》しているんだろうけれど……」

純たちは対策を練りながら町へと下りていく。

その時、町は混乱していた。町人たちが右往左往し、伝令らしき雑兵《ぞうひょう》が町を切り通しの方へ駆けていくのが見えた。

純は知らなかったが、この合戦における主戦場は山側で、そこは自然の要塞《ようさい》であり、室町方からは突破されていない。そのため、この後、背後を突かれることになるのだ。

その混乱のおかげで純らは怪《あや》しまれずにユメの作った宗教団体の屋敷《やしき》に接近することができた。近づいただけで、そこはすぐにそれとわかった。

終末はすぐに来る

神と和解せよ

言いたいことも言えないこんな世の中じゃ

愛　ふるえる愛

などとめちゃくちゃでこの時代には馴染《なじ》みのないであろう言葉が書かれた看板が増えてくる。信者もいるだろうが、反発するものも多いようで、砕《くだ》かれた看板があったり、道に穴が掘《ほ》られていたりと荒《あ》れ果《は》てている。

純の任務は、正体を感づかれずにユメを誘い出すことにある。

——さて、どうしたものか……。

ここに来るまでに考えていたプランはひとつしかない。

まずは神がかりを装い、教団に喧嘩《けんか》を売る。

それだけだった。

——でもうまくいくとは思えないし、お芝居なんてできないし、どうしよう……。

そうこう考えているうち、屋敷前の門まで来てしまった。

——ええい、この肉体は自分のものじゃないんだし……！

そう考えると踏ん切りもつく。

「ここの神は神ではないぞ！　邪神じゃ！」

叫《さけ》んだ。

自分でも芝居がかっているとは思うが、なかなかに決まった。

そのまま何度か叫ぶ。

と。

中からぞろぞろと小さな匕首《あいくち》や農具を持った衆が幾人《いくにん》も出てきた。

ガラが悪い。

殺気立っている。

純を即座《そくざ》に殺そうとしているとしか思えない。

「いかん！」

横にいた偃月が、すばやくアラビア語の詠唱《えいしょう》を行う。

それは幻覚の魔術。周囲が宇宙に包まれ、彼らは立《た》ち尽《つ》くす。ある者は武器を振《ふ》り回《まわ》し、ある者はしゃがみ込み動かなくなる。個々に宇宙に投げ出された幻覚を見ているのだ。

「あれは……」

「ヤツの術を真似《まね》させてもらった」

やがて彼らは気絶し、倒れた。

「結局、力押《ちからお》しじゃないですか……私は何をしに……」

純がぼやく。

その言葉が終わるか終わらぬかのうちに、奥《おく》から若い娘《むすめ》が出てきた。怪しげな赤と青の着物を着込んでいる。ユメだ。

「こ……これは……！」

出てくるや、ユメも状況《じょうきょう》を悟《さと》ったらしい。

「何年かかっても追ってくるとは、しつこい奴《やつ》らだ！」

ユメは言った。

彼にとっては、数年間邪魔《じゃま》されずに教団を大きくできたということなのだろうが、純にとってみれば一日も経《た》っていない。

それはともかく、ユメは対抗《たいこう》手段を用意していた。

「来い！」

と呼ばわると、屋敷の中から一頭の大きな虎《とら》が歩み出てきた。

「え！　ええええ！」

純は悲鳴をあげる。

虎である。黒と黄色の縞《しま》も鮮《あざ》やかで、種としては最大級の大きさであろうオスだ。

「幻覚だ。この時代、虎は絵としてしか入ってきていない」

偃月は少しも動じずに断じた。

「で、でも……」

純は怯《おび》える。
虎はゆっくりと前進してくる。
唸《うな》り声《ごえ》に加えて、獣臭《けものしゅう》まで感じる。これは、本当に幻覚なのだろうか？
「仕方ない。幻覚に幻覚を重ねる」
偃月が呆《あき》れたように言った、その瞬間。
晴天に雷《かみなり》が鳴り響き、落雷《らくらい》がいまにも飛びかからんとする虎を直撃《ちょくげき》した。
ドン！
爆発音《ばくはつおん》と青白い閃光《せんこう》とともに虎は黒焦《くろこ》げになる。
「幻覚は、幻覚を重ねることで消せる。想像力の勝負ということだ」
偃月は種明かしをする。
なるほど、幻覚にはある程度のリアリティが必要だ。落雷で死なない虎は虎ではない。
「ちぃ、これなら！」
ユメは再び幻覚を見せる。
今度は龍《りゅう》だった。
蛇《へび》のような身体に短い手足、鰐《わに》のような顔を持つ東洋式の龍が出現した。
純からすれば途方《とほう》もない怪物である。

「虎の次は龍とは」

芸の無さを嘲笑しつつ、偃月はまたも雷を落とす。

「HAHAHA！　芸がないのはどっちだ！」

ユメは嘲笑した。

龍には雷は効果がない。

「それもそうだな」

偃月が手を動かすと、晴天の空が一層鮮やかな色に浮かび上がった。

何事かと思う間もなく、理由がわかる。

太陽だ。

太陽が龍のすぐ間近にまで接近しているのだ。

「想像力というのは不思議なものだ。小さな太陽が降りてくるなどというものを許容してしまう」

偃月は状況に似合わぬ冷静さで言った。

その小さな太陽は、龍をあっという間に干《ひ》からびさせ、ユメのすぐ背後に降りてきている。周囲に陽炎《かげろう》をゆらめかせ、屋敷から煙《けむり》を立たせている。

ユメに太陽が落ちてくれば、焼死《しょうし》——幻覚による死はすなわち気絶を意味する——してしまうだろう。

　一方、それを見ている純は「あついなー」程度だ。

　想像力の不思議なところである。

　おとぎ話の世界のような現象こそ、想像力の世界では常識、ということなのだ。

「仕方ない」

　ユメが手を上空にかざした。

　太陽を消すものを出さねばならない。

　ユメが結論したそれは、マイクロ・ブラックホールだった。

　上空に黒い点が生まれ、それを中心に空間がうずまきはじめる。太陽を歪《ゆが》ませ、中心へと渦《うず》を描いて引き込みはじめる。

「HAHAHA！　もう手はあるまい！　想像力が尽きた時、幻覚も尽きる！　もう幻覚は使えまい！」

　ユメは笑った。

「馬鹿《ばか》が」

　偃月がニヤリとした。

「は？」

ユメの笑顔《えがお》が凍りつく。

それもそのはずで、太陽を呑《の》み尽くしたブラックホールが、そのままユメの頭上にとどまっていたからだ。

ブラックホールはユメも呑み込みはじめる。身体が空間の歪みによって変形し、頭頂部から上空に吸い上げられていく。

「うわ！　しまった！　気絶するわけには……！」

ユメは幻覚を解いた。

周囲の光景が以前のものに戻る。

そこは屋敷前で、教団の教徒たちが倒れたままだ。

「残りの手は？」

偃月が余裕の表情で聞き、ユメは冷《ひ》や汗を流した。

「逃げる！」

ユメは走り出した。

今回、ユメの逃亡《とうぼう》は物理的なものとなった。

が、女性の身体である。さらに自堕落《じだらく》な教祖ぐらしで筋肉が衰《おとろ》えていた。

ユメの逃亡を追う三人に、路上で追いつかれる。

通りの人々が何事かと注目する。

「狐憑きの教祖だ！　狐憑きだ！」

純が大声をあげ、通りを歩いていた人々に邪魔されぬようにした。

ユメが教祖であったことは有名なのか、女性を三人で追い回しているにもかかわらず、助けようとする者は現れない。

やがてユメの肉体の息が切れた。

偉大なる種族が例の箱をかざし、最初で最後の電撃《でんげき》を放つ。

青白く細い電撃がユメをとらえる。

ユメは気絶し、その霊体が抜《ぬ》けていくのが純にも見えた。

心霊《しんれい》写真に写り込んだ男性の霊《れい》のように顔だけとなったユメが恨《うら》み言《ごと》を叫ぶ。

「くそぉお！　いつか必ず戻る！　必ずだ！　それまで毎夜、帰ってくる私に怯えるがいい！　悪夢だ！　悪い夢を！　バッド・ドリーム！」

そして、ユメは消えた。

この一連の光景は、あの古文書に描《えが》かれた光景とすっかり同じであった。

「狐《きつね》は去った！　これで娘は元の娘に戻る！」

純は宣言した。

○

「もうあんなの嫌ですからね」

戻ってくるや、純は文句を言う。

今になってスマートフォンに保存してあった古文書の画像を見ると、やはりなんとなく恥《は》ずかしい。よく見ると自らの過去での姿も描かれていた。

「しばらくは戻ってこないだろう。霊体となって長く生きるには新たな魔術の開発が必要だからな。あの時代には魔導《まどう》書も高級な中東のものはないし、なんとかなるとは思えない」

一方、超常的な冒険《ぼうけん》の後だというのに、偃月は相変わらず表情が動かない。

三人は偃月の店に戻っている。そこで意識を失っている間、純と偃月の身体を守っていた涼牙もいた。

涼牙にとっては、一瞬《いっしゅん》で戻ってきたので驚いたらしい。意識だけの時間旅行とはそういうものだ。

「さて、この時代では私の用事は終わった、ぞい。この肉体を返す。では、世話になった」

偉大なる種族は言った。すると、別れの余韻《よいん》もなく、即座に平恵の身体が崩れる。

涼牙が慌てて恵の身体を支えた。

「え……え……ええ！　ここはどこです！」

恵が悲鳴をあげた。

なだめるのにしばらくかかった。

兄に電話をすることでなんとかなったが、事情の説明にまた一苦労というところだった。

偉大なる種族のことは語らないにせよ、サーカスのことは語らねばならない。おまけに偃月と涼牙の二人は、その説明のすべてを純にまかせて相槌《あいづち》をうつだけになっていたので、純としても必死になる他なかった。

それでもなんとかサーカスの悪霊《あくりょう》についてを話し、兄のところに送り届けることを約束した。せっかくなので涼牙のフェラーリに乗せてやることにしてご機嫌《きげん》をとる。涼牙もこの時ばかりは機嫌よく応じた。

涼牙と恵を送り出し、店に偃月と純の二人だけとなる。

今回の件で混乱していたが、偃月には聞きたいことが山程できた。

結局、彼はなぜ、あのような力を持っているのか？

なぜ、このような店でこのような仕事をしているのか？

だが、いざ聞いてみようとすると言葉が出てこない。

おまけにまだこの美形と二人きりになるのに慣れていない。どうしても照れのようなものがでてきてしまう。

まごついていると、それを察したのか、偃月が口を開く。

「私のことについてはおいおい知っていくといい。一足飛びに人間の触《ふ》れてはならぬ領域に踏み込むと、あのユメのようになる。彼もまともな人間だったが、神秘に触れて変わってしまった。君のように神秘に好かれている人間は気をつけるべきだ」

その言葉に純は何も言えなくなった。

「想像力というのも、慣れていないと自分を殺してしまう。刺激《しげき》と全能感を求めるだけではな。その最上級のものが神秘であり、魔術であり、宗教だ。あらゆる物語はその下位におかれる。だからこそ、少しずつ慣れていく。そうでなくてはいけない」

偃月は言った。

『風よりしたたるもの』

弥勒鎌倉《みろくかまくら》大学は総合大学で、ことに民俗学《みんぞくがく》と医学で高名である。

その双方《そうほう》で高い成果をあげている教授がいるのだが、彼は表に出てくることはない。

表に出ない理由は、著書がないというだけでなく、その研究内容と成果によるところが大きい。

彼は魔術を専門とし、それによる生体実験で大きな成果をあげているのである。

宇垣零《うがきれい》。

学内の尊敬と軽蔑《けいべつ》を同時に集め、大学の安定と危機を同時に予感させる教授である。

その宇垣零の研究室に、偃月《えんげつ》は呼ばれていた。

「君からの呼び出しには、いつも嫌な予感がする」

偃月は、美しい顔を崩さず冷淡《れいたん》に言った。

その表情から感情は読めないが、零を嫌《きら》っていることはわかる。

「そう言うな。仕事だ。悪い話じゃあない」

零はニヤニヤしながら応じた。

きっちり整えられた髪《かみ》に、メガネ。痩《や》せ型《がた》で頬がコケ気味。鼻梁《びりょう》は高く、顎《あご》が尖《とが》り気味。職業を伏《ふ》せて写真を見せても、百人のうち半数以上が「教授」と推量するであろう見た目だ。そこまで危険な人物には思えない。

問題なのは、部屋の方だった。

研究室は十五畳《じょう》ほどの広さがある大学最大級のものだが、中が奇怪《きかい》なもので満たされて足の踏み場もない。一般書《いっぱんしょ》、医学書、などは当然として、革装丁《かわそうてい》の明らかに稀覯本《きこうぼん》とおぼしき本までも床《ゆか》に積み重ねられている。さらにどの地方のものかもしれぬ木彫《もくちょう》の神像が多数。仮面も複数あり、それらを祭儀《さいぎ》に使っている写真も壁《かべ》に貼《は》られていた。武器と祭具の中間としか思えぬ槍《やり》や剣《けん》も無造作に散らばっており、下手に動くと踏んで大変なことになりそうだ。整理されているところといえば、応接セットとその脇《わき》の壁くらいだが、そこはネズミが飼育されていて、生きものを殺さないために整頓《せいとん》されているという具合だ。

「仕事ねぇ」

偃月は応接セットのソファに座《すわ》り、杖を脇に立てかけた。

零が自らのデスクから応接セットに移って向かいに座った。

「仕事だとも」

「生徒の研究をな、やめさせて欲《ほ》しいんだ」

「それで？」

零は言った。

「文字通りさ。私の生徒に西部《にしべ》という者がいるが、彼を現在の研究から引《ひ》き剝《は》がしてほしいのだ」

「生徒の研究をやめさせるとは？」

優月はそう言われて呆れたように首を横に振った。

「自分の生徒のことなら、自分でやりたまえよ」

もっともなことを指摘《してき》された零だが、首を横に振った。

「できることならやっているとも。しかしね、現状では私も追及される立場なのだ。第三者を入れなければ」

「だとしても私である必要はないな。大学側に用意してもらえばいい」

「それもいいが、おそらく彼はこれを持ち出している」

零はテーブルに一冊の大きな革装丁本を置いた。

それで優月の表情が変わる。

「ネクロノミコンか」

　おそらくは世界で最も有名な魔術書である。ギリシャ語版を底本とし、中東でまとめられ、その後、各種言語に翻訳《ほんやく》された。零が持っているのは英語版であることが表紙に刻まれている副題からわかる。

「持ち出しているというのは？」

「簡単だ。該当《がいとう》ページを写真に撮《と》った」

「魔導書《まどうしょ》のイメージに合わないな、デジタル万引きとは」

「時代ってことだろう。魔導書を有《あ》り難《がた》がる世紀は終わったということだ。大事なのは中身だ。文章はデータ化できるし、如何様《いかよう》にも加工し得る」

「ともあれ、私に依頼《いらい》する理由はわかった。高いぞ」

「知ってるさ。だが、金には困っていない」

　零は嫌味《いやみ》っぽく言い、概要《がいよう》を説明しはじめた。

　西部というのは、当初は不真面目《ふまじめ》な民俗学の生徒だったらしい。だが、自費で東南アジアに取材兼《けん》旅行に行って変わったのだという。

「トウチョートウチョ人の魔術に触れて人生観が変わったのだろう。あの様式に触れてから全《すべ》てが変わったと当人が言っていた」

　トウチョートウチョ人とは、マレー半島に住む民族で、古くから魔術伝承を保存してきたとされている。

「それで彼がはじめたのが、死者蘇生《そせい》の研究だ」

こともなげに零は言った。口調に似合わず、その研究はほとんどの宗教において禁忌《きんき》で、さらに誰も成功したことのないものだ。

「放っておいても彼が糾弾《きゅうだん》されるだけで実害はなかろう」

偃月は冷たく言うが、零は首を横に。

「私がかつて死者の肉体の活性化までは達成していたのだ。残念ながらその研究が盗《ぬす》まれ、ネクロノミコンと照合されてしまったというわけだ」

零は軽く笑う。

「笑いごとか」

「いや、生徒が熱心なのは嬉《うれ》しい気持ちもある。しかしね、この死者蘇生は不完全なものなんだ。魂《たましい》が戻らない。故《ゆえ》に肉を漁《あさ》り、肉体を再生するためだけに彷徨《さまよ》う存在となる。被《ひ》害《がい》が出ないうちにとどめたい」

無責任なことを零は言った。

「それならなおさら自分でやればよかろうに」

「そう動いてもいるさ。だがね、西部はいま、行方《ゆくえ》不明なんだ」

零は言った。

「自分の生徒の不始末を私に押し付けて、さらに対象が行方不明とは、随分《ずいぶん》じゃないか。さすがにそこまでひどい仕事を私が受けると思ったか？」

偃月はさすがに呆《あき》れ顔になる。

「だが報酬《ほうしゅう》は高くさせてもらう。事前に百、成功時に百とアル・ゴラーブの鏡だ」

「アル・ゴラーブの鏡！　発見したのか！」

偃月は目を見開いた。

アル・ゴラーブの鏡。偃月が興奮するからには相当価値のある代物《しろもの》なのであろう。

だが……。

「発見はした……」

零は含《ふく》みを持った言い方になる。

「は？」

「というのも、西部が持ち去ったのだ。すなわち、西部を捕《つか》まえたら報酬として持っていって良い、ということになる」

「どうあっても仕事を受けろということか。エサに食いつくようで気に入らんが、やってやろう」

「ありがたいね。事情が事情だ、成功せずとも、恨みはしないさ」

零が言った。

○

そして調査がはじまった。

弥勒鎌倉大学の学生課に行き、情報を集める。宇垣零ゼミの生徒はふたり。対象の西部と、女生徒の白鳥《しらとり》。白鳥については西部の東南アジア旅行にも同行したということで、聞き取りをする必要があるだろう。

問題は西部がサークルや部活動に所属した形跡《けいせき》がないことだ。その交友関係は白鳥から聞くしかあるまい。

白鳥には学生課で問い合わせることで接触《せっしょく》できた。

美人というには微妙《びみょう》だが、清潔感のある女子で、どこか抜けていそうな印象がある。それが同年代の男には好かれそうに見える。

「そうです、西部くんは彼氏《かれし》です。わたしも心配しています。いま、連絡《れんらく》がつかなくて」

白鳥は心配そうに言った。

しかし、偃月の美形であることには驚《おどろ》いているようで、時折、偃月の表情に見とれている。もっとも偃月には慣れっこであり、彼が動揺《どうよう》することはない。

西部は借りているアパートにはおらず、電話にも出ないと言う。実家に帰ったのかもしれないが、大学にも連絡がないというのはおかしい。

「最後に西部くんと会ったのは？」

「二週間と三日前です。普通《ふつう》に講義のレポートの話をしただけで」

「他《ほか》に西部くんと親しい生徒は？」

「宮村《みやむら》くんという友達がいます。県人会からの付き合いで、ゼミも学部も違いますが、趣《しゅ》味《み》があったみたいで」

「彼には連絡がとれるかな？」

「大丈夫《だいじょうぶ》だと思います」

白鳥が宮村を呼び出してくれた。

ほどなくしてやってきた宮村は、会えば誰《だれ》もが好青年だと思うであろう爽《さわ》やかな男子だったが、やはり少々抜けていそうな印象がある。

「彼のことは心配しています」

と言っていたが、心底から心配しているようには見えない。

「白鳥さんのことも心配で」

とも繰《く》り返《かえ》していたが、こちらは本心から言っているように思えた。有り体《てい》に言えば、下心がありそうに思える。

なるほど、と偃月は納得した。大学生のじゃれあいに付き合う余裕《よゆう》はない。

零から「必要だろう」と言われて借りていた予備の携帯《けいたい》電話で連絡先《れんらくさき》を交換《こうかん》してその日は大学を離《はな》れることにしたが、別れた直後に宮村から連絡があったのには、偃月も少し驚いた。

「白鳥さんの前では話せなかったことを話します」

とメッセージにはあったのだ。

○

「そうです。西部がやっていたのは、死者蘇生の研究です。僕《ぼく》が気づきました。いえ、というより、僕が助手としてやっていました。

助手というか、実家がペットショップをやっていまして、誤魔化《ごまか》して死体を用意していたんです。小動物の、ですけど。モルモットとか、トカゲとか。

はじめたのはそれほど前じゃありません。一ヶ月《かげつ》くらい、ですね。研究は驚くほどスムーズに進みました。宇垣教授がすでにかなりの部分まで研究を進めていて、それにのっかるだけでなんとかなったからです。

西部がそれをはじめたのは純粋《じゅんすい》な興味からでしょう。いや、もしかしたら死んだ親族か誰かがいて、それを復活させたいのかも。

とにかく、研究が僕が止めてもエスカレートしたのは、人間に使うつもりだったからに他なりません。

あれは、おぞましい研究でした。試薬を死体に注入すると、ネズミは動き出しました。上手《うま》くいったんです。それから動物を大きくしていくのは自然の流れでした。しかし、それはすぐにつまずいたんです。

犬の死体を使ったときでした。元々その疑いはあったんですが、蘇生した犬は犬としての魂を失っていました。エサを漁るだけの凶暴《きょうぼう》な存在で、檻《おり》に入れていても暴れるだけでした。

しかし、その体質は驚異的《きょういてき》なものでした。腐敗《ふはい》した部分はみるみる脱落《だつらく》し、健康的な身体になっていきました。魔術的《まじゅつてき》……いや、魔術そのものでした。傷つけても健康な身体に再生し、活動を停止させるには脳を傷つけなければなりませんでした。

あれをもし人間に使ったら……」

宮村は声を震《ふる》わせていた。

偃月もその術については知識があった。未《いま》だかつて人間で成功したことのない術なのだ。過去にはマサチューセッツ州で蘇生した死者が暴れて死者が出たことがある。魂が戻《もど》ってくることはないのだ。

「人間に使う可能性は大有りなんです。僕が彼と決裂《けつれつ》したのは、人間に使おうと言い出したからです。人間の死体を手に入れてくれって頼《たの》まれて。さすがに無理でした。そうしたら、彼は姿を消してしまって……。彼が死体を手に入れる可能性？　難しいとは思いますが、簡単に言えば殺人をするかもしれません。鎌倉の江《え》ノ島《しま》近くの浮《ふ》浪《ろう》者なら殺しても大丈夫だろうって何度か言っていました」

「浮浪者を殺してでも死体を手に入れたいとはな。度《ど》し難《がた》いが、あり得る話ではあるな」

○

宮村から聞き取りをした翌日、偃月は江ノ島近くのアパートに向かった。

アパートは放棄《ほうき》された廃墟《はいきょ》で、それを知った浮浪者たちが勝手に住み着いている。ガスも水道も出ないが、雨風をしのぐには十分だ。

一軒家《いっけんや》を占拠《せんきょ》する浮浪者はあまりいない。やはり一人で住むには広すぎるのだろう。かといって、複数人でシェアハウスのようなことができるなら浮浪者にはなっていない。必然、アパートに集まって各部屋に一人ずつ散らばり、適度に助け合って過ごすことになる。

助け合いといっても、誰かが死んでいないか見張る程度のことだ。その日の稼《かせ》ぎに出てこない人間を見に行き、病気か怪我《けが》かを確認《かくにん》する。そのどちらかが重い場合、あるいは死んでいた場合、一週間に一回ほど巡回《じゅんかい》してくる役人に報告する。役人は、倒《たお》れた者を生死問わず、公費で医者に連れて行くことになる。

そんなアパートでは、特殊《とくしゅ》な社会が築かれている。興味本位で来る者や、犯罪から自分たちを守らなくてはならない。アパート周辺の一帯がナワバリで、そこを働きがない日はぼんやりと見ている。

やってきた偃月も当然、この網《あみ》にかかる。

「あんちゃん、誰だい」

路上に座り込んだ浮浪者に話しかけられる。ここでうまく話を通さなければ、警戒《けいかい》されてアパートを調べるどころではない。

しかし、偃月には宛《あて》があった。

「アパートの植本《うえもと》さんの知り合いだ」

浮浪者の名前を告げる。

「ウエモトさんの知り合いか」

その名前が正しかったので、偃月はアパートに通される。

呼《よ》び鈴《りん》は死んでいるので、ノックしてドアを開ける。

「植本さん、島野《しまの》です」

自らの名字を告げる。

奥からスウェットパンツにTシャツの男が出てきた。

「おお、島野さん。相変わらずいい男だねぇ」

旧知らしく、気安く話してくる。

髪とヒゲこそ伸《の》び放題《ほうだい》だが、意外にも清潔感はある。

アパートの住人は、数日おきに焚《た》き火《び》でドラム缶風呂《かんぶろ》に入るのである。

「今回は何があったんだい？」

「実は、このアパートか、あるいはこの近辺の人で、体調の悪い人はいないかな？」

「あー、島野さんが来たってことは、やっぱりなんかあったってことなんだね。実は、アパートで妙《みょう》な事件があってさ。山田《やまだ》さんが、霊を見たって言うんだ。正直さ、この界隈《かいわい》じゃそんなの当たり前だって思うんだけど、それでも騒《さわ》ぐからなんだろうって話を聞いてみたら、呪《のろ》われてるって言うんだ」

植本は不気味そうに言った。

「呪われていると感じているから？」

「そうだって本人が言っているからね。まだ生きてるから、会いに行けると思うよ。寝《ね》てるんだ、あれから。役人が回ってくるのは明後日《あさって》だから、それまで持つといいけどな。もっとも、島野さんが来たんだから、すぐに原因がわかるんじゃないの？　もしよかったらパパッとはらってやってよ」

植本が気安く言う。

偃月は意外や、簡単に請《う》け合《あ》った。

「やってみよう」

そして山田の部屋へと行く。ノックに返答がないくらい山田という名の浮浪者は疲弊《ひへい》していた。彼《かれ》は寝込んでいた。髪とヒゲが伸び放題なのは他の浮浪者と同様だが、薄《うす》い布団《ふとん》に転がっている小さい身体は痩せ細っていて、確かに死にかけているように見えた。

偃月は義足の方の靴《くつ》を器用に脱《ぬ》ぎ、擦《す》り切《き》れた畳の上に上がった。義足を抱《かか》え込むようにして山田の布団の脇にしゃがみ込む。

「山田さん」

山田はビクリとした。

「ひっ！」

典型的な被呪術者《ひじゅじゅつしゃ》の表情だ。ささいなことでも怯《おび》え、身体を震わせてしまう。

「呪われている」

偃月はうなずいた。

「やっぱりそうなんだ。山田さん、この人はまじないの偉《えら》い先生だよ。あんたを救《たす》けてくれるからね」

植本が声をかける。

偃月は手を山田の頭上にかざした。

「影《かげ》を光にて消す。その姿を現せ」

山田の身体から瘴気《しょうき》に似た煙が立ち上ってくる。

「おお」

植本が驚きの声をあげた。

しかし、偃月は眉《まゆ》をひそめる。

立ち上る瘴気が明らかに少ない。

「ふむ、おかしい。これは、継続的《けいぞくてき》に呪われていますね。近くに霊が潜《ひそ》んでいて、それがずっと山田さんに呪いを送っているのだと思ってもらえれば」

「うわ、そりゃあ、大事《おおごと》じゃないか」

「山田さん、最近、なにかもらったものとか、ないかな？」

偃月は聞いた。

継続的に呪うには、呪いを焦点《しょうてん》化するためのアイテムが必要なのだ。

「……絵を……もらった」

やや楽になったのか、山田は口を開いた。そして、部屋の隅《すみ》を指差す。

そこに似顔絵としか言いようのない絵があった。

山田を油絵の具で描いたものだ。妙に芸術を気取ったようなところがあるが、芸術家といえばバスキアしか知らない人物が、その画風なら自分にもできるとばかりにテクニックなく描き殴《なぐ》った絵だ。

「なんでこんな絵を？」

「そういえば、芸術家だって名乗った兄ちゃんが、俺《おれ》たちを助けたいっていって、ダンボールを買ってくれたり、食べ物を置いていったりしてくれてたな」

植本が言った。

「慈善《じぜん》事業？」

「いや、個人でやってるって。鬱陶《うっとう》しいけど、来るたびになんかくれるので放っておいたら調子に乗ってダンボールに絵を描いて置いていくようになったな」

偃月は絵を見た。

それ自体に魔力《まりょく》はないようだったが、問題は絵の右下に書かれたサインだった。

そこには英字で「宮村」と書かれていた。

○

「山田さん、今晩は私もここにいるよ」

偃月は言った。

「そうしてくれるとありがたいけど、大丈夫《だいじょうぶ》かい？」

山田は心配して言った。

「気にすることはない。来るとしても霊体《れいたい》の襲撃《しゅうげき》がある程度だろう。少し電話をします」

偃月はその場で携帯電話を取り出し、電話をかける。

数コールで宮村が出た。

「どうしたんですか、島野さん、見つかったんですか？」

彼は事態に気づいていないらしい。

「いま、山田さんのアパートにいる。あの絵を描いたのは君か？」

すると、やはりそれを大変なことだと思っていないのか、警戒心《けいかいしん》なく宮村は肯定《こうてい》する。

「はい。アーティストへの一歩として、社会に貢献《こうけん》しようと思って」

偃月としては困惑《こんわく》せざるを得ない。

宮村が協力して呪いをかけたのではないとすれば、どうやって絵を焦点として呪いをかけられたのか？

「その絵を山田さんの許可をもらって焼くぞ。君は納得《なっとく》しないだろうが、あれは呪われた絵になってしまっている」

宮村は慌《あわ》てていたが、偃月はそれだけ言って電話を切った。


それから車で遠くのスーパーまで行き、酒と食べ物を買って戻る。

その頃《ころ》には夕刻になっていた。

山田の部屋で、植本とともに軽い食事をしながら待つ。山田にはヨーグルトやレトルトの粥《かゆ》を買っておいた。他の者は酒を飲んだが、偃月は飲まなかった。

そして、その時が来た。

ドン、と扉《とびら》が叩《たた》かれたのだ。

「ひ！」

山田がおびえる。

風の音にも思えるが、意思を持った生物に叩かれたようにも思える。

と……。

ドンドンドンドンドンドンドン！

扉が連続で叩かれ、アパートがガタガタと揺《ゆ》れた。

そしてドアがバン！　と開く。流れ込んでくる瘴気。

山田が悲鳴をあげる。

侵入《しんにゅう》してきたそれは、明らかにこの世のものではなかった。黒い煙のような身体。人間のシルエットのみが宙に浮《う》かんでいるかのようである。その目にあたるところが紫色《むらさきいろ》の光に輝《かがや》いている。見ているだけで深淵《しんえん》に引き込まれそうになってしまうし、なにより、人間の姿をしていながら、人間のような意思を瞳《ひとみ》から感じられないところが恐《おそ》ろしかった。

「風の精霊《せいれい》だ」

偃月が言った。

精霊は怒《いか》りとも風のうなりともつかぬ声をあげながら、他のものなど目に入っていないかのように、山田に向かって突っ込んできた。

偃月は杖《つえ》をかざした。ロヤの目がギロリと開く。

「ロヤの目は結界を作る」

と、見えない障壁《しょうへき》が精霊の行く手を阻《はば》んだ。精霊の前進が止まり、壁を打ち破ろうと何度も体当たりを繰り返し、虚空《こくう》を爪《つめ》でこするような動作までしている。

偃月がアラビア語の呪文《じゅもん》を唱える。そして、手を精霊に向かって突《つ》き出《だ》した。

「アトラク＝ナクアの糸」

指からごくわずかなきらめきが奔《はし》ったのが見える。それは蜘蛛《くも》の糸のようで、すぐに見えなくなったが、精霊に糸が絡《から》みついたのは光の反射でわかる。

そして偃月は、宮村がダンボールに描いた下手くそな肖像画《しょうぞうが》を拾い上げた。それに植村から借りたライターで火を着けて表に放《ほう》り投《な》げた。

ダンボールが燃えていくに従い、精霊は動きを遅《おそ》くしていく。まるで目指していたものが段々と見えなくなっていき、やがて姿を消してしまったかのように、戸惑《とまど》い、行き先を見失った者の動きでその場に立《た》ち尽《つ》くす。

偃月は精霊の脇をすり抜けて外に出ると、念入りにダンボールの絵を焼き尽くした。灰を踏《ふ》み潰《つぶ》してバラバラにし、原形をとどめないように消し去る。

やがて風の精霊は外に出て、何かを捜《さが》すように宙に消えていった。

「あ、ありがとう島野さん」

感激していたのは植本の方で、当の山田は放心状態である。

追《お》い払《はら》ったにもかかわらず、偃月の表情にやり遂《と》げた感はない。

「これで精霊はしばらくはこないはず。だけど、その間に対処しないと、また別の精霊が来るだろうね」

「え？　そ、そりゃあ困るよ。どうすればいいの？」

植本がうろたえる。

「いや、糸は繋げた。アレが動き出せばすぐにわかるよ」

偃月は自らの手を植本に見せた。

常人には何も見えなかったが、そこには確かに見えない蜘蛛の糸が絡みついているのだった。魔術的なリンクである。

「それより、もう宮村から何かもらったりしないように。植本さんも注意してやってくれ」

そして、偃月はアパートを去った。

○

翌日、精霊が動き出したのを偃月は感じ取った。

アトラク＝ナクアの糸に従っていけば、精霊を操《あやつ》っている者の居場所にたどり着けるはずだ。

当然、偃月は宮村を疑っている。宮村本人は知らずとも、彼のアパートになにか仕掛《しか》けられている可能性は大きい。

精霊の動きは、偃月の疑いと確実に一致《いっち》していた。アトラク＝ナクアの糸は、事前に調べた宮村のアパートの方向を示している。

偃月は糸に精神を集中しつつ、宮村のアパートに向かった。

だが、偃月の動きは遅かったのだとも言える。事態は偃月の予想を超《こ》えて進展していた。

当の宮村はアパートで益体《やくたい》もない絵を描《えが》いていた。またホームレスに贈《おく》るためである。

懲《こ》りないと言うより、思考が硬直化《こうちょくか》しているのだ。

アパートの呼び鈴が鳴った。

宮村がドアを開けると、そこには白鳥がいた。

「どうしたの、白鳥さん」

　宮村が困惑と喜びを声に混ぜつつ聞く。白鳥のことを憎《にく》からず思っている宮村だが、このように訪ねてくるのは驚きである。

「大事な話があるの。あがっていい？」

「そ、そりゃあ、もちろん。西部の話？」

　宮村は狭《せま》いアパートで絵のセットを片付ける。

　白鳥は部屋の中央辺りにちょこんと座った。

　地味な女である。それだけに、気の弱い男性にはモテやすいといえた。

「あのさ、落ち着いて聞いて欲しいんだけど、西部くんの研究って、なんでやってるか知ってる？」

　白鳥は聞いた。

　疑問に思っているというより、宮村がそれを知らないことを確認するかのような口調だ。

　宮村は困惑する。

「え？　知らないけど……やっぱり白鳥さんは知っているの？」

　そう聞くと、白鳥はうなずいた。

「うん。ウェンディゴ症《しょう》って知ってる？」

思いがけぬ言葉を白鳥は口にした。

もちろん、宮村は知らない。ぽかんとしているのを確認し、白鳥は説明をはじめた。

「ウェンディゴ症。風の神、ウェンディゴに呪われた者がかかるとされている病気だよ。インドネシアで冒涜《ぼうとく》的な行いをした人が呪われて、その病気になるの」

「え！　まさか、彼がそれに……」

宮村は驚く。

白鳥は肯定も否定もせず続けた。

「その症状《しょうじょう》は、人間の肉を食べたくて我慢《がまん》できなくなること。だから、彼は死体を手に入れ、それを復活させたいの。そうすれば、再生する肉が手に入るでしょう？　そういう無害な研究なの。だから、協力してあげて！」

白鳥が土下座のように頭を下げた。

衝撃《しょうげき》に宮村の動きが止まる。あまりといえばあまりのことだが、理屈《りくつ》は通っている。

さらに、以前、自分がアーティストになりたいと言いだした時、ホームレスに絵を贈ることを提案したのが白鳥だったことを思い出した。

自分の描いたものが呪いの絵になっているなど信じられなかったためもう一枚描いていたのだが、もし、それが本当だったなら、その絵に呪いをかけてホームレスを殺そうとしたのは……。

「僕の絵に呪いをかけて、山田さんを殺そうとした？」

宮村は聞いた。

白鳥は頭を下げたままうなずいた。

「ウェンディゴ症の人は、風の精霊を使えるようになるの。肉を得るため呪い殺すことができるように。精霊が狙《ねら》えるように贈《おく》り物《もの》をして、それを目標に精霊が動くの」

宮村は利用されたわけだ。だが、それは不思議と不快ではなかった。頼《たよ》られているという感じがした。

「じゃ、じゃあ、いまもう一枚絵を描いているから、それを……」

「駄目《だめ》。だって、もうそれはバレてしまっているでしょう？　風の精霊が追い返されて、絵が焼かれたんだから……」

食い気味に白鳥は言った。

「確かに例の島野って呪《まじな》い師がそういう電話をしてきたよ」

「だから、死体が急いで必要なの。協力して！」

白鳥の言葉に熱がこもってくる。

「わかったよ。急ごう。なんとかホームレスを……」

宮村は反射的にそう言っていた。支援《しえん》し、絵を贈っているが、実際にはホームレスのことなどどうとも思っていないという証明であった。

「そうじゃなくて！」

白鳥は強く否定した。宮村は困惑する。

「え……」

「せっかくホームレスよりも身元がはっきりしない人が来るんだから、それを殺せばいいじゃない。その島野って人を殺せば、すべてまるく収まる」

白鳥がアパートのキッチンへ駆《か》け寄《よ》り、そこから包丁を抜《ぬ》き取《と》ってきた。それを宮村に突きつけるように渡《わた》してくる。

「ちょ……ちょっと待って！」

宮村はあとずさった。

「待ってじゃないでしょ？　あなたがやらなきゃわたしがやる。それともわたしが捕まってもいいの？」

脅《おど》すように白鳥は言い、それからすぐに媚《こ》びるような笑《え》みに表情を切り替《か》えた。

「ねえ、もしそうしてくれたら何でもしてあげるから」

蠱惑的《こわくてき》な声であった。

なんらかの魔術的な力が働いているのではないかと宮村は思ったほどだ。

宮村は、ぞくり、と背筋を震わせた。甘《あま》い期待が思考を支配した。

そして、宮村は気がつくと包丁を握《にぎ》っていた。

「彼がここにやってくる。わたしが彼の気を惹《ひ》くから、そのスキに後ろから刺《さ》して」

白鳥は言った。

○

偃月がアパートに到着《とうちゃく》したとき、戸口に宮村が立っていた。

杖を鳴らして偃月は宮村に歩み寄るが、宮村の表情の異常さにすぐに気づいた。

「宮村くん。なにがあった」

宮村は明らかに平静ではない。顔面は汗《あせ》まみれで、意思によらず身体のあちこちを震わせている。

「あ、あ、あのですね……」

宮村は誤魔化《ごまか》すように言った。

「実は、中に白鳥さんがいて……」

「それで？」

「じ、実は白鳥さんが……呪いをかけていたんです」

この言葉は真実である。

宮村は、嘘《うそ》をつかなかったことで気が楽になったのか、次々と言葉を紡《つむ》ぎ出す。

「西部はウェンディゴ症だって言っていました。人間を食べたくなる病気。それで再生する死体を欲《ほ》しがったんだと……。それで僕に協力を求めに来たんです。でも、僕は怖《こわ》くなって逃《に》げ出そうとして、そこにあなたが来たというわけで……」

理屈は通る。

「うむ。ウェンディゴ症はアメリカのものだが、風の神の呪いによるものだとすれば、トウチョートウチョ人の調査で罹患《りかん》してもおかしくはない」

偃月の言葉で、彼がウェンディゴ症に詳《くわ》しいと知った宮村は、表情を明るくして聞く。

「え？　じゃあ、ウェンディゴ症を治す方法があるんですか？」

「下位の風の精霊によるものならば、熊《くま》の脂肪《しぼう》を飲ませることで治る。が、風の精霊を使えるまでに風の神と同化している者は、決して治らない。人間を食べずに衰弱《すいじゃく》して死ぬか、人間を食べ続けて風の神に同化して消えてしまうか、だ」

その言葉に宮村は落胆《らくたん》する。

「そ、それじゃあ、白鳥さんは……」

「彼女《かのじょ》が呪ったのなら、彼女もウェンディゴ症だ。助かることはない。せめて風の神に吸収されぬようにしてやろう」

偃月は冷淡《れいたん》に言い放った。

宮村が絶望的な表情で偃月を見返す。

「そんな……」

「神は邪神《じゃしん》であれ、冒涜してはいけない。理不尽《りふじん》だろうと、そういうものだ」

偃月は宮村の横をすり抜け、アパートのドアを開けた。

そこに白鳥がいた。

薄いアパートのドアを通して会話を聞いていたらしい。

「よくもふざけたことをぬけぬけと！」

怒りに表情が壊《こわ》れている。興奮状態で赤い目をし、周囲に風の精霊を舞《ま》わせている。

いまや彼女は邪悪《じゃあく》の化身《けしん》だ。

「言ったことは真実だ。人間を食べて消えるか、もう食べずに飢《う》えて死ぬか。どちらが人間らしい死に方か選べる」

偃月の表情は変わらない。

「そんな理不尽！　あっていいはずないじゃない！　どうして邪神を冒涜したとか程度でこんなことにならなくちゃいけないの！」

悲痛な叫《さけ》びだった。

「邪神を冒涜すること自体は罪じゃない。ただ、相手の力が強いんだ。そういう相手を敬して遠ざけなくて生きていけるはずもあるまい」

「それが理不尽なのよ！　たかが土人に隠《かく》れてHしただけじゃない！　それでどうしてこんな身体にされなくちゃならないの！」

「神に限らんさ。自分が理不尽な事態にさらされると怯《おび》えていないヤツは、いずれ誰かに失礼を働くものだ。取るに足らない者が邪神の化身ではないとなぜ言い切れる？　その慢《まん》心《しん》が死に繋《つな》がっただけだ。いわば、これもよくある事故死に過ぎない。諦《あきら》めろ」

偃月は完璧《かんぺき》な冷淡さで言い放った。その美貌《びぼう》が今は死神かなにかにも見える。

「そんな理屈！」

白鳥は風の精霊を放つ。

偃月に向かって精霊は一直線に前進……するが、その眼前でぴたりと動きを止めた。

偃月は手を開いて正面にかざしていた。それだけのことなのに、金縛《かなしば》りのごとくに精霊は動けない。

「畜生《ちくしょう》……！」

白鳥は偃月の背後に目配せした。もちろん、そこには宮村がいる。

宮村は、あらかじめ玄関《げんかん》マットの下に仕込んでいた包丁を取り出していた。

「うわぁああ！」

気の抜けた声をあげて、よろよろと宮村は突進《とっしん》。

しかし、偃月は足が不自由とは思えぬ身軽さで、ひょいとそれを避《さ》けて横に跳《と》んでいる。

宮村はたたらを踏んで前へ。

「ふざけるな！　なんだ、その気の抜けた攻撃《こうげき》は！　人を刺すってそういうもんじゃねぇだろ！」

白鳥は叫んだ。もはやあの地味で控《ひか》えめな印象は微塵《みじん》もない。醜悪《しゅうあく》な表情で宮村を睨《にら》んでいる。

「気合が入っていても躱《かわ》したがね。私は自らの身体には一切《いっさい》傷をつけないと決めている」

その偃月の言葉は白鳥の耳には届いていなかったようだ。

宮村を罵倒《ばとう》し続ける。

「だいたいてめぇはなんでも中途半端《ちゅうとはんぱ》なんだよ！　アーティストになるって言い出したその前はラッパーになるとか言って三日でやめたじゃねぇか！　写真家にもなるとか言って

高いカメラ買ってもクソみたいな写真しかとれねぇ！　絵だって下手くそ！　勉強する気もねぇ！　誰だってできる人殺しもできねぇ！　じゃあなんならできるんだよ！」

白鳥は精霊を宮村にまとわりつかせた。

「うわぁぁああああ！」

宮村の悲鳴が響《ひび》く。

風の精霊は、その煙《けむり》状の腕《うで》でがっしりと宮村を捕らえていた。

「そうだ、人質《ひとじち》ならできるんじゃねぇか」

白鳥が嘲笑《ちょうしょう》した。

「確かに、人質にはなる」

偃月も妙に感心したようにそれに同意した。

「あははは！　人生はじめて役に立って良かったね！」

そして窓を開けて、精霊ごと庭に飛び出し、裏手をまわって路上駐車《ちゅうしゃ》していた車に乗り込む。精霊ごと後部座席に宮村を放り込み、車は走り出した。

「遅かったか……荒療治《あらりょうじ》をするしかないか」

偃月は零から借りていた携帯で、涼牙《りょうが》を呼び出した。

一方、逃げた車内で宮村は怯えていた。

横恋慕《よこれんぼ》していた白鳥の本性《ほんしょう》を見、脅され、とんでもないことに加担させられている。

おまけに車は相当な速度で狭い道を飛ばしている。歩行者もほぼいない鎌倉市内だからいいが、これで歩行者でもいたら大変なことになるだろう。

「宮村ぁ、お前、食われたくないからって裏切るんじゃねぇぞ。今度下手こいたらぶち殺して食ってやるからな。人間の肝臓《かんぞう》ってのを一度食べてみたかったんだ」

必死の形相で車を運転しながら白鳥は無茶苦茶《むちゃくちゃ》なことを言う。

宮村は動きたくても動けない。

横に風の精霊がいる。それが車に乗るというのも信じられなかったが、幽霊《ゆうれい》が車に乗る話というのもよくあることだから、そのようなものだろう。煙状のそれはひどく冷たく、触《ふ》れていなくても寒気を感じる。おまけにその光る瞳は魂《たましい》まで見透《みす》かして、心まで冷やしてくるようだ。

車は飛ばし続け、左右に曲がるたびに風の精霊に身体が触れるので、宮村は必死にこらえなくてはならなかった。

やがて車は見覚えのあるあたりに差《さ》し掛《か》かる。浮浪者たちのアパートがあるあたりだ。
このあたりに西部が潜伏《せんぷく》しているというのだろうか？
その考えは、凄《すさ》まじい衝撃とともに中断させられる。
ドン！
車が何かにぶつかったのだと少し遅《おく》れて認識《にんしき》した。
「くそっ、くそっ」
と白鳥がハンドルを叩いたことからもそれがわかった。
「誰《だれ》かを轢《ひ》いた」
白鳥が言った。
こんなところに通行人が？
深く考えずに宮村は窓の外を見た。
ショックを受けた。
フロントバンパーの向こうで力なく横たわっているのは、見知った顔だったからだ。
ホームレスの植本。
あのアパートの世話役をやっていた気のいい男だ。
「ああっ、植本さん！」

思わず声をあげていた。

しかし、白鳥は宮村の知り合いであることにさして意味を感じなかったようだ。

「逃げるのが遅れたじゃねぇか……いや、考えようによっちゃこれはチャンスだ。宮村ぁ、足の方を持て。車に乗せるぞ」

白鳥が何を考えているか悟《さと》った宮村はぞっとした。

しかし、逆らうわけにはいかない。車を降りて植本の身体を確認しにいく。

即死《そくし》だった。

植本は耳から血を流していた。

「あわわわ……」

宮村は歯の根が合わないし、身体に力も入らないことを自覚していた。だが、白鳥は何度も足を持てと繰《く》り返《かえ》してくる。仕方なく足首を握ると度胸が決まった。非力な二人であるが、引きずるようにして植本を後部座席に放り込むことに成功する。

さすがに後部座席に座《すわ》りたくなかったため、助手席に宮村は座る。

白鳥が「後ろにいけ」と言ったが、それに従わずに苦しげな目を向けると、諦めたのか何も言わずに車を発進させた。

車はやがて一戸建ての廃屋《はいおく》の前に止まる。そこが西部のアジトということらしい。

宮村は、車を降ろされて中に入る。

そこはひと目でわかる異様な空間に改装されていた。

ネズミの檻《おり》が複数あり、奥《おく》に進むと犬まで檻に入っている。リビングやキッチンには実験動画が並べられ、もはや研究室にしか見えない。さらに奥の部屋に行くと、壊れたベッドのある寝室《しんしつ》に行き着いたが、そこに西部がいた。

「久しぶりだな、宮村」

西部はどうということはない再会、というふうに自然に言った。

七三分けのメガネで痩《や》せぎすの青年である。

ただ、その目には狂気《きょうき》に似た鈍《にぶ》い光が宿っている。

宮村は、明確に才能のある西部に憧《あこが》れていた。ただし、昔は、だ。

今はその才能は恐怖《きょうふ》の対象でしかない。

「死体がひとつ手に入ったわ」

白鳥が待ちきれない、というように言った。

西部が目を輝かせる。

「宮村のことか？」

「ち、違《ちが》う！」

宮村が即座《そくざ》に否定した。

「ははは、冗談《じょうだん》だ。君を殺すわけないじゃないか。車に乗せてあるのかい？　楽しみだな。行こう」

西部が寝室に置いた椅子《いす》から立ち上がり、死体運びを手伝う。

運んできた植本の死体は、壊れたベッドに寝かされた。

よく見ると、ベッドは壊れてはいたが、床《ゆか》にがっちりと固定されていた。さらにベッドの足から鎖《くさり》が伸びており、それぞれに手錠《てじょう》が付けられていた。

暴れる人間を固定しておくために改造されたものだとはっきりわかった。

西部は手錠を植本の死体の手足につけた。

「死んでるのに？」

宮村が聞くと、自信ありそうに西部は答えた。

「すぐに動き出す」

西部は寝室にトレイに載《の》せた注射器と薬品を持ってきた。

薬品は透明《とうめい》なビンに入れられており、蛍光《けいこう》グリーンに輝いていた。

神聖な作業でも行うかのような厳《おごそ》かな手付きで、注射器で薬品を吸い上げると、西部は横たわっている植本に、冒涜的とも言える行いを施《ほどこ》した。

植本の心臓に、深く注射針を突き刺したのである。

「ひ！」

思わず宮村が悲鳴をあげる。

しかし、西部も白鳥も動じることはない。

期待を込めた目で植本を見つめている。いや、期待というには少し目が笑っている。それは、新鮮《しんせん》な餌《えさ》を待っている獣《けもの》の目つきだった。

そして……。

ドクン！

鼓動《こどう》が音として聞こえたと宮村が錯覚《さっかく》したほどだった。

植本の胸が激しく上下したのだ。

心臓が動き出した！

それから後はごく自然な流れのように思えた。身体に血の気が戻《もど》り、目が開く。手が動き、足が動く。

「やった！　人間にも効果を発揮した！」

弾《はず》んだ声を西部はあげた。

白鳥と手を叩きあって喜びを示す。

「がぁあああ！」

意味不明な叫び声をあげて植本が暴れはじめた。

「うわっ！」

宮村は後ずさる。

しかし、植本の手足は鎖でベッドに繋がれており、大きく動くことはできないようだ。

「予測はしていたが、やはり人間でも知能は戻らないか」

ガチャガチャと鎖を鳴らす植本に怯えることなく、西部は言い、時計を見た。

「あと十分したら、次の作業に取り掛かろう」

白鳥はその言葉にうなずくと、待ちきれない、というように、林業で使う電気式のチェーンソーを満面の笑《え》みでどこからか持ってきた。

ウェンディゴ症のための十分間クッキング

●用意するもの
1　人間の腕（片方一本）
2　塩　胡椒《こしょう》（適量）
3　調理用具

4　手術用具（メスがあると便利）

●手順

1　人間の腕を切り取ります。
2　血を抜きます。切断面の反対側を持ち振《ふ》り回《まわ》し続けると血が抜けます。
3　皮をはぎ、筋肉を取り出します。腱《けん》を切るにはメスがあると便利です。
4　筋肉からスジを取り除き、叩いて柔《やわ》らかくします。
5　塩、胡椒をして焼きます。

西部と白鳥が〝調理〟を行っている間、宮村は生きた心地《ここち》がしなかった。

死体を食材として見ているなら恐ろしくないだろうが、そうではない者にとっては恐怖以外のなにものでもない。

特に血抜《ちぬ》きと称《しょう》してビニール袋《ふくろ》に入れた腕を振り回しはじめたときは、貧血で倒《たお》れそうになったが、この場では気を失うわけにはいかなかった。

宮村を寝室に残して、二人は食卓《しょくたく》に向かっていった。

犠牲《ぎせい》となった植本は死んでいるにもかかわらず、相変わらずわけのわからないことを叫びまくっていたが、ふと見ると、チェーンソーで腕を切断された肩《かた》の部分に肉が盛り上がり、傷がすでにふさがっている。驚異的《きょういてき》な再生能力だ。

宮村は驚《おどろ》いてキッチンへ向かった。

「腕が再生をはじめてる！」

そう言うと、すでに肉を食べ終えたのか、食卓で満足げにしていた西部が、ニヤニヤと応じる。

「そうだろう。うまくいった！　その再生能力があるからこれからは困らずに済む」

「すごい発明だ！　生きている人間にも使えるのか？」

思わず宮村は聞いていた。

宮村は西部の助手をやってきた期間がある。昔の関係性が戻ってきつつあった。

「生きている人間にも使えると思う。もっとも、意識にどこまで影響《えいきょう》があるかがわからない。怪力《かいりき》と再生能力が手に入るというと夢のようだが、注入したことで死ぬ可能性も高い。ネズミでの実験では、意識に問題が出ているようだ」

「すごいな。実験を繰り返せば、きっと……！」

しかし、その関係性の復活もそこまでだった。人肉を食べたことで精神が落ち着いたのか、白鳥がここに来るまでの経緯《けいい》を思い出したのだ。

「そうだ……焦《あせ》っていたし、肉に夢中になっていたから言えなかったけど……」

白鳥は申し訳なさそうに切り出した。

「どうした?」

「わたしを追いかけてきているヤツがいるんだ……。教授が雇《やと》った探偵《たんてい》? みたいなもんだと思う。いずれここも見つかっちゃう、と思う」

さっと西部の表情が曇《くも》る。

「くそっ、せっかくすべてがうまく行きかけているのに!」

「だ、大丈夫《だいじょうぶ》だよ。宮村を人質に使ったら逃げられたんだよ。今度もうまくいくって」

白鳥の言葉に宮村はぎょっとしたが、西部は冷淡にうなずいた。

「そうだな。人質になってもらうしかないな。なに、殺しはしない。また研究を手伝ってくれ。一緒《いっしょ》に逃げよう」

その言葉を全面的に信用するわけにはいかなかった。白鳥が「寝室に戻りな」と宮村に命じたことにとくに西部は反発しなかったからだ。

これでは命が危ない。宮村は身体の芯《しん》が冷えてくるのを感じていた。

寝室で待っていると、西部らがガタガタと何かをはじめたのがわかった。室内から顔を出してみると、檻に入っていた犬を室内に放していた。鎖で繋いではいたものの、死後にクスリで復活した犬である。相当に危険な存在であった。

餌を求めているのか、廊下《ろうか》をうろつき、際限なく吠《ほ》え立てている。

「三匹《びき》いる。これで廊下を封《ふう》じる」

西部が説明した。

さらに寝室にネズミの檻を集め、いつでも相手に投げつけられるようにする。ネズミといえど餌に飢えていて、こちらも相当に危険には違いない。

準備は整った。

ほどなくして、表で凄まじいエンジンの爆音《ばくおん》が聞こえてきた。涼牙のフェラーリである。

西部らは覚悟《かくご》して身構えた。

ドアが蹴破《けやぶ》られた。

○

偃月は慎重《しんちょう》になった方がいいと言ったが、涼牙は気にせず突入《とつにゅう》を提案し、提案と同時に即座に実行した。

ドアの蝶番《ちょうつがい》をショットガンで吹《ふ》き飛《と》ばし、蹴破る。

あらかじめ、犬がいるであろうことは偃月も警告しておいた。

だから、玄関を開けたとたん、ドーベルマンが吠えながら走ってきたのに涼牙も対処できた。

ショットガンで犬の身体を撃《う》ち、飛びかかってきたのを吹き飛ばす。

ギャン！　と奇妙《きみよう》な声をあげ、犬は廊下に転がった。

ショットガンの次弾《じだん》を装填《そうてん》する。

と、同時に、涼牙は驚きに目を見開いた。

犬は再び立ち上がり、涼牙に跳びかかってきたのだ。

涼牙はショットガンを連続で発射。犬の胴体《どうたい》、頭、と命中させ、脳を粉々にしたところで、ようやく犬はその動きを止めた。

「こりゃあ、よほど注意してかからねぇと……」

今更《いまさら》のように涼牙は言い、弾のなくなったショットガンをフェラーリに放り込むと、拳銃《けんじゆう》を抜いて構えた。

「だから言っただろう。脳を撃つんだ」

偃月は事前に忠告しておいたことを繰り返した。

「犬とはいえ心が痛むぜ」

「よくある映画のように噛《か》まれてもゾンビ化はしない。だが、奴《やつ》らの筋肉のリミッターは外れている。腕でも噛まれたら食いちぎられると思った方がいい」

「なるほど」

涼牙は土足で廊下に踏《ふ》み入る。リビング、キッチンと順番にチェックしていく。実験器具以外にはなにもない。

後から続いて歩いていた偃月が、す、と杖《つえ》をかざした。そして、ある方向を指し示して止まる。

「あっちだ」

そちらは寝室の方である。

涼牙は銃《じゅう》を下に構えつつ寝室へと歩を進める。

確かに、そちらから人の気配がした。

「誰だか知らんが、素直《すなお》に降伏《こうふく》しろ。いまなら大した罪にはならん」

涼牙が呼びかける。

しかし、返ってきたのは、犬の入った檻だった。

犬ごと檻が投げられてきたのだ。檻は鍵《かぎ》が開いており、空中で犬が飛び出し、涼牙に襲《おそ》いかかってくる。愛玩犬《あいがんけん》のシーズーだが、凶暴《きょうぼう》な唸《うな》り声をあげ、身体をよじって凄まじい速度で廊下を駆けてきた。

涼牙は左腕《ひだりうで》をシーズーに噛ませる。涼牙の着ているレザーコートは防弾《ぼうだん》仕様で、腕も例外ではない。そのまま銃を犬の頭に突《つ》きつけ、引き金をひいた。

ドン！

という音とともにシーズーの脳漿《のうしょう》が飛び散る。

バタリと犬が床に落ちた。

「いってぇ……」

涼牙が左手を振る。

「大丈夫《だいじょうぶ》か？」

偃月が聞く。

「骨が砕《くだ》かれるかと思った」

「思っただけならいい」

しかし、次の瞬間《しゅんかん》には、涼牙のその余裕《よゆう》もなくなる。

ネズミの檻が複数、投げつけられたのだ。

空中で檻から解放されたネズミが、床を猛《もう》スピードで這《は》ってくる。

もしネズミらも筋力が異常で凶暴になっているのだとしたら、銃での対処は難しい。

「うわっ！」

涼牙もそれを予測して慌《あわ》てる。

それでも偃月は冷静だった。

「ロヤの目は獣を統《す》べる」

杖をかざした。杖の頭に埋《う》め込まれたロヤの目が輝《かがや》く。

突進してきたネズミらは急停止。涼牙の前に軍隊式の整列をした。

「死んだネズミに効果があるかどうかわからなかったが、なんとかなった。心が痛むだろうが、今のうちに踏み潰《つぶ》せ」

偃月の指示を聞いた涼牙は「うへぇ」という顔になったが、背に腹は代えられない。

ネズミを並んだ順番に踏み潰していく。彼《かれ》らは歪《いびつ》な音とともにおとなしく踏み潰され、脳漿を撒《ま》き散《ち》らしていった。

「すでに死んでいるとはいえ……」

涼牙は拳銃を構え直し、寝室へと進んだ。

寝室からバタバタと音がし、続いて声が聞こえてきた。

「近づくと、こいつを殺すぞ！」

寝室を見ると、宮村を西部がおさえつけ、首にチェーンソーを突きつけている。

「やめろ。もう逃げられない。そもそもまだ罪はお前らの考えているより軽いんだぞ」

銃を構えて涼牙が説得にかかる。

だが、西部と白鳥は頑《かたく》なだった。

「捕《つか》まったら肉が食べられずに死ぬんだ！　我々には、生きるか、死ぬかなんだ！」

「そうだわ、死にたくない！　見逃《みのが》してよ！　もう人肉は手に入ったんだもの！　これからは何もしないでここで生きていくから！」

「そうはいかない。ウェンディゴ症《しょう》の者が人肉を食べ続けても、邪神に取り込まれるだけだ。そうなれば、邪神の力が増してしまうだけだぞ」

偃月は諭《さと》すでもなく、ただ事実を述べているかのように言った。

「じゃあ、死ねってこと⁉」

それに偃月が無情にもうなずいた。

「罪を償《つぐな》って死ぬか、罪そのものになって消えるか、だ」

「納得《なっとく》できるわけないいじゃない！」

白鳥が電動チェーンソーのスイッチを入れた。

「うわぁあああ！」

宮村が悲鳴をあげた。

身をよじる。

が、宮村の身体はおさえつけられたまま……ではなかった。

なんということか、宮村は凄まじい怪力を発揮して、西部を跳《は》ね飛ばしたのだ。

「え……？」

宮村は驚いて自分の手を見る。

だが、本人には、その怪力の理由はわかっていた。空になった注射器が脇《わき》に転がっている。あの薬品をこっそり自らに注射したのだ。

「うわぁああ！」

さらに宮村は白鳥におどりかかった。チェーンソーを奪《うば》い取り、部屋の反対側に投げる。

チェーンソーはそこで縛《しば》られていた植本の身体に突き刺さって、その動きを止めた。

「お手柄《てがら》だ」

涼牙は部屋に踏み込み、白鳥を拘束《こうそく》する。そして、西部に取り掛かろうとした。

しかし、西部は最後の手を残していた。

窓を開けると庭に転がり出た。

庭には杭《くい》のようなものが刺さっており、よく見るとそれはトーテムポールなのだった。

人ならぬ者の顔面が刻まれており、その醜悪さは嫌悪《けんお》感を催《もよお》させる。トウチョートウチョ人が信仰《しんこう》に使っている器具である。

西部はトーテムポールにすがりつくような格好になると、呪文《じゅもん》を詠唱《えいしょう》しはじめた。

「ち、厄介《やっかい》なことになる前に……」

涼牙が窓を抜けて飛び出そうとするが、背後から偃月がそれを制止する。

「駄目《だめ》だ。君には手に負えない事態が起こる」

「畜生、これだから魔術《まじゅつ》ってやつは……」

悔《くや》しがる涼牙に代わって、偃月が杖をつきながら庭に出る。

空では西部の呪文が効力を発揮しはじめていた。

風がトーテムポールを中心に渦《うず》を巻いた。その渦が上空に立ち上りはじめ、空の一点を目指していく。

西部が勝《か》ち誇《ほこ》った声をあげる。

「召喚《しょうかん》できるのが風の精霊《せいれい》だけだと思うなよ！　ウェンディゴに呪《のろ》われたことでウェンディゴに供物《くもつ》を捧《ささ》げる手段を得たのだ！　それにこれがある！」

西部は内ポケットに手を入れると、そこから小さな鏡を取り出した。

それは四本脚《あし》のカラスをかたどった縁《ふち》をもった黒い鏡面のある不思議なものだった。

「アル・ゴラーブの鏡！」

偃月が声をあげた。

それは、偃月が依頼《いらい》を受ける代価として受け取ることになっていた魔術の鏡だ。

アル・ゴラーブの鏡を空に向ける。

その鏡面から一条《ひとすじ》の銀の光が照射され、上空にある空気の渦の中心へと一直線に伸《の》びる。

「アル・ゴラーブの鏡は異界への扉《とびら》を開く！　供物を受け取るためにやってきたウェンディゴをこちらの世界に召喚することが可能になった！」

西部が恐《おそ》るべきことを口にした。

異界からの神の召喚。

それが可能になればこの世界のバランスは大きく狂《くる》う。禁忌《きんき》ともいえる術を西部は使おうとしていた。

見よ。

空気の渦の中心より紫《むらさき》の煙が吹き出してきた。その中にうっすらと緑色の雲のような塊《かたまり》が見えてくる。

緑色の雲は一塊《ひとかたまり》の球体と見えたが、やがてそれが拳《こぶし》であることが、陰影《いんえい》が明らかになってきたことでわかる。

その拳は指を広げて、下へと手のひらを伸ばしはじめた。

「ははははは！　風の神の召喚に成功したぞ！　これで邪魔《じゃま》できまい！」

西部が勝ち誇って笑う。

狂気の笑いであった。

ウェンディゴの巨大《きょだい》な手が偃月に向かって掴《つか》みかかるように伸びた。

しかし。

偃月は動かない。

厳しい目で神の手を見据《みす》えてはいるが、その美しい顔に微塵も恐怖の色はない。

「いにしえの成約に従い我に触れることなかれ」

偃月の口から言葉が漏《も》れる。

と。

ウェンディゴの手は、偃月に触れる直前でぴたりと止まった。

「な！」

西部が驚愕《きょうがく》する。

「それほど驚くことじゃあない」

偃月はそして杖をかざした。

「ロヤの目は扉を閉ざす」

その言葉でウェンディゴの手はゆっくりと上空に戻りはじめる。

風の渦はその回転速度を落とし、中心部分にあった紫の煙も吸い込まれるように消えていく。

「と、閉じる……門が……！」

西部は慌ててアル・ゴラーブの鏡をかざしたが、銀色の光は再び灯《とも》ることはなかった。

「ば、馬鹿《ばか》な！　神に抵抗《ていこう》できる人間などいるはずがない！」

西部の言葉ももっともだった。

門を閉じるだけならともかく、ウェンディゴの手が偃月に触れられなかったのは不可解である。神の行動を妨《さまた》げることができる人間など確かに存在して良いはずがなかった。

「人間なら、な」

偃月は言った。

西部は目を見開き、後退《あとずさ》りした。

「き、貴様、人間じゃないのか！　化け物……！」

もう西部に策はなかった。恐怖と絶望に顔を歪《ゆが》めている。

「人間じゃないというなら、すでに君もそうだろう。死肉を食べ、完全にウェンディゴに魂を売ってしまった」

冷淡《れいたん》に偃月は言った。

「そ、そうだとしても、貴様に関係あるか！　畜生！　どうして効果がない！」

西部はアル・ゴラーブの鏡の鏡面を偃月に向けて最後の抵抗を試みる。

しかし、何も起こらなかった。

「アル・ゴラーブの鏡は、魂をドリームランドの封印《ふういん》された地に届けるものだ。門を開くためや、魂を奪うために作られたものじゃない。そのようにも使えるが」

「な……！」

絶句する西部に偃月は軽く笑った。

「私はドリームランドの出身だ。そこで生まれ、そこに帰るためにアル・ゴラーブの鏡を探していたのだ。レン高原に住むウェンディゴ＝イタクァを召喚できたのはいいが、レン高原もドリームランドの一地方に過ぎん。そして、私はナイアルラトホテプとの成約により、神々とは縁を持たないことになっている」

「なんだと……」

心底から驚愕した西部が動かなくなる。

偃月の言葉を信じるならば、彼は名だたる神格と成約した魔人《まじん》としか言えない。この美貌の男にどのような過去があるのか想像だにできない。

手錠をかけた。

呆然《ぼうぜん》とする西部の手から涼牙がアル・ゴラーブの鏡を取り上げて、代わりにしっかりと手錠をかけた。


その後、後処理は粛々《しゅくしゅく》と行われた。

植本と生き残った死体犬の頭部が潰された。さすがに植本の脳を処理するのは気が引けたが、涼牙も仕方ないこととわかっていたので、祈《いの》りながら頭部に銃を撃った。

宮村は偃月により薬品を魔術的《まじゅつてき》に除去され、被害者《ひがいしゃ》として警察に証言することになった。

それでも、死体を復活させたことは伏《ふ》せられ、ただ効果のない〝実験〟を死体に施したかったことがカニバリズムという狂気となり、結果としてこの事件がおきたということになった。

そして、留置所にいる間に西部と白鳥は餓死《がし》した。その異常事態に一時は責任問題にまで発展しかけたが、事実は伏せられ、自殺として処理された。

そのようにしてすべては終幕した。

○

西部と白鳥の餓死から時間はやや巻き戻る。

偃月はそもそもの発端《ほったん》となった宇垣零と話さなくてはならなかった。

零の研究室で二人は対峙《たいじ》する。

「すべてを解決してくれて嬉《うれ》しいよ。アル・ゴラーブの鏡も無事だったようでなによりだ」

零は言った。

「礼はいい。仕事だった。報酬《ほうしゅう》は十分だ」

偃月はアル・ゴラーブの鏡をその手に示し、また内ポケットにしまった。

「正直、鏡は私にとっても惜《お》しいがね。まだ研究もしていないうちに盗《ぬす》まれてしまったのだから」

零はため息まじりに言った。

「そう言われても返すわけにはいかないな。私はアル・ゴラーブの鏡で、一度、ドリームランドに行かなくてはならない」

偃月の言葉に、零は驚き、眉《まゆ》を上げた。

「一度？　ドリームランドに戻って帰ってこないのかと思った」

「そう驚くことはないだろう。こちらの世界の方にもしがらみが増えた。今更あちらの社会に溶《と》け込むことも難しい」

「ほう、君が人間の世界に交じろうとするなんて！　変わったな」

「誰だって変化する。それに神々の顔色をうかがうドリームランドの世界がこちらにも侵《しん》食《しょく》してくるなんてのが嫌《いや》なだけだ」

「西部はウェンディゴ＝イタクァの召喚に一時は成功したらしいね。ユメもその時空旅行にて獲得《かくとく》した信者がナイアルラトホテプ信仰に傾《かたむ》いていないとも限らない。あちらで新たな成約をしてくるつもりかい？」

「そううまくいくといいが。数《すう》ヶ《か》月《げつ》から半年で帰ってくる予定だ。だから君に言っておく。私がいない期間、何もことを起こすなよ」

思わぬ厳しい口調で偃月は言った。

零は笑《え》みを浮《う》かべる。

「命令されたくはないな。お願いだと思っておくよ」

「それでいい。君だけじゃない。誰が事件を起こそうが、君が解決に動いてもらえると助かるんだがね。怪《かい》異《い》に好かれている子がいる。私の不在時にも何か起こるだろうさ」

「他人の心配までするようになったか」

零は大げさに嘆《なげ》いてみせた。

偃月はそれに反応を示さなかった。

「必ず帰ってくる」

そう言い切った。

彼のドリームランドでの冒険《ぼうけん》は、また別の話である。

あとがき

はじめまして、あるいはご無沙汰《ぶさた》でした。水城《みずき》正太郎《しょうたろう》です。

今回はホラー、ときどきブラック・コメディをお届けできることとなりました。

怪奇現象、モンスター、果ては時空転移までと盛りだくさんの中、ひどい目に遭《あ》うキャラクターたちは現代日本を反映したものとなっておりますので、怖がったり笑ったり驚いたりした後、時代の空気を感じていただければと思います。

また舞台となっている江ノ島《えのしま》周辺から大船《おおふな》までの風景も観光などしていただいて実際にご覧になられるとより面白く感じられるのではないでしょうか。立ち入っては駄目なところなどに注意の上でお楽しみください。

さて本作はいわゆるクトゥルフ神話を題材としており、数ある作品群のひとつに加わることも目標のひとつでした。よく知らないという読者にも楽しんでいただけるようになっておりますが、これをきっかけにクトゥルフ神話作品群をお調べいただくと興味深い世界が広がっておりますので、是非に。

そして玄人《くろうと》の方には、いわゆるＴＲＰＧのシナリオソース、あるいは日本国内でのキャンペーン用世界観としてお使いいただけるようになっております。本編の主要キャラクター、特に偃月《えんげつ》にあたる強力な人物がいない前提で、非力なプレイヤーたちが解決に奔走《ほんそう》することができるようなアレンジをここで紹介していこうかと思います。以下、各話のネタバレありとなります。本編を未読の方はそちらを先にお読みください。

一話。登場するメインの怪異は『ミ＝ゴ』になります。依頼人の親族である画家がクトゥルフの影響下にあるというミスリードで成り立つシナリオです。先に画家に破片が埋め込まれていることに気づくようにすると、そこから犯人探しへと発展させることが可能です。依頼人は魔術知識を持っていますが、正体の隠匿《いんとく》目的とある種の卑屈《ひくつ》さから魔術や特別の知識をひけらかすことはありません。収入だけが欲望の向かう先であり、それ以外気にしないという点において狂的であるとすると扱いやすいでしょう。

二話。プレイヤーはセミナーに潜入参加するか、参加者を連れ戻すために行動する立場のどちらになっても楽しめるものと思います。もちろん二手に分かれて行動するのも面白く感じられるでしょう。イケハヨ、美濃部《みのべ》にあたる人物はそのまま登場させるのも良いですし、身近な怪しい集団の代表者にしてしまうのもアリかと思います。その場合でもイケハヨにあたる人物は深きものどもではないということがミスリードとして重要です。イケハヨは虚栄心《きょえいしん》からどんな質問にもビジネスの比喩《ひゆ》だと誤解して回答しますし、自分が大人物で偉大な秘密を隠していると匂わせようとします。オリジナル・アイテムは『ハイドラの真珠』。飲むと「不可逆的に深きものどもになる or 可逆的に深きものどもになる」という効果が出ます。実質的な死亡となりますので、死亡を避けたい場合は、これを飲まないように誘導しましょう。本作は『インスマスを覆う影』も『ダゴン』も事実として記憶、記録されている世界ですので、日本においてそれらは人魚神話と結びついているというのも面白いかと思います。人魚伝説のある地域出身者などは深きものどもの血統にある可能性があることになります。

三話。構造が少し複雑ですが、ダイナミックな場面転換があり、そこで強力な悪役との戦闘が楽しめます。『偉大なる種族』にとってすべての時間は「すでに起こったこと」なので、他者による時間跳躍と歴史改変を最低限に留めるべくプレイヤーに働きかけるというのが根幹部分となります。タイムパラドックスものとしての面白さもありますので、好む時代を設定し、行き先の歴史改変を阻止することを主眼とすれば、本作の短編よりもより壮大なシナリオにすることが可能です。魔術戦闘でなくとも、過去の戦争の勝敗を知識だけで改変するという展開にもできます。プレイヤーは自らの知識を活かせるので、楽しいゲームになるのではないでしょうか。

四話。ゾンビもののバリエーションとして展開することが可能です。その際はウェンディゴ症については最後まで明らかにせず、屍肉《しにく》の生産と防腐《ぼうふ》としての効果のみを期待して『死者蘇生《そせい》薬』が開発されたというのがおぞましくて良いかと思われます。『死者蘇生薬』はあらゆる生物に有効で、動物の死骸はおろか精肉にも効果を発揮します。薬品が事故で拡散したということにしてもコメディホラー感があり良いかもしれません。生きている動物に注射した場合、倍の筋力を発揮することができますが、それに気づくかどうかはプレイヤーに任せるべきでしょう。窮地《きゅうち》に陥《おちい》った場合の命がけの行為となります。

以上、参考までに。

なお本作の初出はネット上ですが、少々改稿《かいこう》されております。すでにご存知の方も改めてまとまった書籍としてお楽しみいただければ幸いです。

最後に謝辞《しゃじ》を。

担当編集O橋様。イラストの黒井《くろい》ススム様。こうして一冊の本として完成させていただいたことを感謝いたします。

そして、読者のみなさま。この時代に本をご購入いただけたことへ心からの感謝を申し上げます。

では、また機会があれば。

HJ文庫 900 http://www.hobbyjapan.co.jp/hjbunko/

異界心理士の正気度と意見1
―いかにして邪神を遠ざけ敬うべきか―

2021年4月1日　初版発行

著者――水城正太郎

発行者―松下大介
発行所―株式会社ホビージャパン
〒151-0053
東京都渋谷区代々木2-15-8
電話　03(5304)7604（編集）
03(5304)9112（営業）

印刷所――大日本印刷株式会社

装丁――小沼早苗（Gibbon）／株式会社エストール

Printed in Japan

ISBN978-4-7986-2264-4　C0193